Romain Gary
s'en va-t-en guerre

DU MÊME AUTEUR

ROMANS

L'Exercice de la médecine, Flammarion, 2015 ; J'ai lu, 2017.

Le cas Eduard Einstein, Flammarion, 2013 ; J'ai lu, 2015 (prix du meilleur roman-*Le Parisien*, prix des Hebdos en région, prix Humanités, prix littéraire de psychanalyse, prix Segalen).

La légende des fils, Flammarion, 2011 ; J'ai lu, 2013.

Les derniers jours de Stefan Zweig, Flammarion, 2010 ; J'ai lu, 2012 (prix Baie des Anges).

La consultation, JC Lattès, 2005 ; Pocket, 2009.

La folle histoire, JC Lattès, 2003 ; J'ai lu, 2012 (prix Littré).

Les mauvaises pensées, JC Lattès, 1999 ; Pocket, 2001 (prix Wiso).

BIOGRAPHIE

Albert Einstein, Gallimard Folio Biographies, 2008.

THÉÂTRE

Les derniers jours de Stefan Zweig, Flammarion, 2012.

LAURENT SEKSIK

Romain Gary s'en va-t-en guerre

ROMAN

J'AI LU

À ma mère chérie.

À toi, papa,
Tu étais mon premier lecteur.
Au moment où je t'ai fermé les yeux,
j'étais en train de terminer ce roman,
le premier que tu ne liras pas mais dont
tu avais aimé le sujet parce qu'il nous ramenait
tous deux trente ans en arrière,
au temps où j'étais étudiant en médecine.
Du balcon de notre appartement à Nice,
au 1 rue Roger-Martin-du-Gard,
nous contemplions, toi et moi, l'église russe
et le lycée du Parc impérial associés au souvenir de
Romain Gary. Tu m'encourageais en me promettant
une carrière de professeur de médecine,
tandis qu'en secret je rêvais d'embrasser
celle de romancier.
Comme les autres, ce roman t'est dédié.

Remerciements

À Jean-François Hangouët, directeur du Cahier de l'Herne *Romain Gary*,

à Paul Pavlowitch,

pour leur lecture et leurs conseils.

WILNO

26 janvier 1925

1

Nina

Elle fouilla le premier tiroir du bahut, en sortit un à un les objets qui s'y trouvaient, ses mains agitées d'un léger tremblement qui n'était pas dû à l'air glacial pénétrant dans la pièce par les interstices de la fenêtre. Sur la table, elle déposa une brosse à cheveux, deux factures impayées, une enveloppe déchiquetée, quelques breloques, un cendrier en terre cuite fissuré de part en part. Elle glissa la main au fond du tiroir. Il n'y avait rien de ce qu'elle cherchait. Elle remit le tout en vrac et entreprit de prospecter dans les placards de la cuisine. Une fois pris les verres et les assiettes, elle monta sur une chaise, vit l'étagère nue. Elle souffla sur le bois. Une couche de poussière se souleva et retomba aussitôt. Dans son esprit, ce fut comme si le temps se recouvrait de cendres. Elle descendit de la chaise, alla dans sa chambre, fouilla sous les draps, examina sous le matelas, tira la petite malle où elle rangeait ses livres pour les protéger du froid et de l'humidité. C'était cette trentaine des plus belles éditions des romans russes et français qu'elle possédait et qu'elle avait commandées, ouvrage après ouvrage, à la Grande Librairie Française de Varsovie et pour laquelle elle avait déboursé au total plusieurs centaines de zlotys. Le dernier ouvrage reçu était le premier tome d'une édition de *Guerre et paix*. Elle avait abandonné depuis longtemps l'idée d'obtenir un jour le second tome.

Elle sortit les livres par piles de trois ou quatre et eut un pincement au cœur en contemplant le fond de la malle vide. L'argent n'était pas là non plus. Tout en remettant les livres, elle calculait dans son esprit combien elle pourrait en tirer si elle trouvait acheteur à Wilno. Mais qui aujourd'hui dans le ghetto lui proposerait une somme décente pour ces ouvrages pour lesquels elle s'était ruinée ? M. Piekielny à qui elle s'était ouverte de son intention de vendre la collection s'était montré intéressé par *Madame Bovary*, en hommage à son épouse disparue et prénommée Emma. Elle lui avait dit :

« *Vous prenez* Madame Bovary, *prenez* L'Éducation sentimentale *! On ne sépare pas les enfants d'un même lit.* »

Le petit homme avait demandé dans sa barbe si Emma Bovary était également l'héroïne de *L'Éducation sentimentale*, si c'en était la suite.

« *Non, monsieur Piekielny, ni la suite ni le premier épisode.* »

Le petit homme avait pris un air triste de déception, avant que son visage ne s'éclaire et qu'il demande :

« *Et l'argenterie, madame Kacew ? Ma proposition tient toujours, vous savez.* »

Jamais elle ne se séparerait de l'argenterie.

Elle retourna dans la pièce principale, s'assit sur la chaise, embrassa l'espace vide du regard. Le divan rose avait trouvé preneur en premier. Puis la console Louis XV. Les fauteuils, l'armoire et le grand tapis avaient été emportés par les huissiers. La table, les chaises ainsi que le bahut étaient jugés irrécupérables.

Elle poussa un long soupir, plongea son visage entre ses mains, puis elle éclata en sanglots – quand Nina pleurait, elle semblait explorer toutes les ressources de sa mélancolie, célébrer en actes l'immensité de sa souffrance, elle pleurait comme les hommes pieux pleurent la destruction du Temple de Jérusalem, Kol Nidre et Kaddish mêlés dans un même et long sanglot.

Elle avait vécu en quelques années une telle somme de drames qu'elle avait l'impression d'avoir reçu en héritage tous les malheurs du monde.

Elle sortit un mouchoir de sa poche, essuya ses paupières, alla se poster devant le miroir, se força à sourire, reprit la brosse dans le tiroir et la passa dans ses cheveux avec de lents mouvements de va-et-vient.

On frappa à la porte. Elle s'éclaircit la voix.

— Entre, Roman.

La porte en s'ouvrant laissa déferler la clarté du jour. Le garçon vint déposer un baiser sur la joue de sa mère, recula d'un pas, s'attarda sur son visage et demanda à Nina si elle avait pleuré. Nina nia du mieux qu'elle pouvait, puis, à nouveau, elle fondit en larmes.

— Si j'avais pleuré, je te le dirais, n'est-ce pas ? expliqua-t-elle, des flots de larmes continuant à se déverser sur ses joues. Pourquoi te mentirais-je ? Est-ce qu'il y a une honte à pleurer ?

Il fit non de la tête.

— Je te dirais tout simplement : oui, Roman, je pleure parce que je ne retrouve plus la liasse de billets que j'étais certaine d'avoir cachée et que je ne sais pas comment nous allons nous en sortir sans cet argent. Tu comprends, n'est-ce pas ?

Il approuva d'un mouvement du menton.

— Il n'y a pas de honte à pleurer, pas plus qu'il n'y a de honte à manquer d'argent, poursuivit-elle des sanglots dans la voix.

Elle prit son fils entre ses bras, serra sa joue contre la sienne, demeura un instant immobile, les paupières à demi closes, respirant son odeur. Sa peine se dissipa. Ses larmes cessèrent.

— Regarde-moi dans quel état tu t'es mis, tes joues sont toutes mouillées ! s'exclama-t-elle en tendant son mouchoir à son fils. Recule... voilà, tu es parfait !

Elle contempla Roman en silence, l'examina sous toutes les coutures comme elle en avait l'habitude lorsqu'il rentrait de sa journée d'école. Elle redoutait toujours qu'il ne couve quelque chose, avait la hantise qu'il ait maigri, qu'il fût tombé malade. Elle craignait qu'il n'ait pris un mauvais coup qu'il aurait naturellement tu parce qu'il savait combien la moindre écorchure sur sa peau pouvait blesser sa mère. Elle l'examinait avec plus de sérieux et de méticulosité encore depuis que son aîné avait été emporté par la maladie.

— Mais, ajouta-t-elle avec une expression de joie soudaine, tu as encore grandi ?

Il fit non de la tête, comme s'il était accusé de quelque chose de grave.

— Si, tu as grandi ! Ton pantalon t'arrive au mollet !

Il regarda au sol, avec un air d'incompréhension.

— Mon fils a encore grandi ! s'écria-t-elle, comme si c'était l'événement le plus extraordinaire de l'année.

Tout son chagrin était passé. Sa tristesse s'était envolée. Roman avait grandi. Qu'importaient la ruine, la pauvreté et la misère, le supplice infligé à ses jours par son mari volage, le terrible deuil dont elle sortait à peine, sa boutique Maison Nouvelle en faillite, ses chapeaux qui ne se vendaient plus, ses créanciers qui éructaient : Roman avait grandi !

— Oh, un bon centimètre ! exulta-t-elle. Va me chercher le mètre qu'on vérifie ! Il va falloir que je te refasse l'ourlet de ton pantalon.

L'enfant ouvrit le troisième tiroir du bahut où se trouvait le mètre, revint le donner à Nina, se mit au garde-à-vous face à elle dans l'attente d'être mesuré, selon un rituel qui se répétait depuis qu'il était en âge de se tenir debout.

Voir grandir son fils était un miracle que le sort renouvelait sans cesse, centimètre après centimètre, un des rares événements qui égayaient ses jours depuis la disparition de son premier fils, Joseph. Le demi-frère de Roman était mort quelques mois auparavant, à vingt ans et des poussières, au terme d'une terrible maladie qui avait atteint ses poumons et envahi ses reins, elle l'avait envoyé se faire soigner à Berlin, l'avait rejoint pour ses dernières heures, elle revoyait toujours les ombres sur son visage blafard, ses yeux encore brillants de vie et que la mort allait bientôt fermer.

Du fait de la croissance du garçon, son pantalon devait sans cesse être rallongé par un nouvel ourlet que Nina prenait un plaisir jubilatoire à faire. Se mettre à genoux devant Roman pour coudre, c'était dans son esprit comme s'incliner face au destin, se prosterner devant la vie qui continuait. Elle rallongeait le tissu, elle prolongeait les jours, conjurait le malheur à grands coups de ciseaux.

Nina avait confectionné le costume en choisissant soigneusement l'étoffe, et un à un tous les boutons, à l'époque où Arieh Kacew vivait encore à la maison, avant de s'abandonner dans les bras d'une autre, l'esprit égaré par l'appétence sans bornes des hommes, leur faim insolente de jeunesse et de jouissance.

Roman demeurait droit comme un *i* face à sa mère, tandis que Nina s'appliquait à défaire le précédent ourlet, une aiguille dans sa main, une autre entre ses lèvres, elle cherchait la marque idéale avec une précision d'orfèvre, s'y reprenait à plusieurs fois pour que le bas du pantalon fût cassé mais ne bâillât pas, ne descendît pas trop ; elle exigeait de lui une immobilité parfaite à laquelle il s'appliquait. Et, quand elle en avait terminé avec les ciseaux et les aiguilles, elle lui demandait de faire quelques pas devant elle, tout entière concentrée sur le travail qu'elle venait d'accomplir, comme si c'était la tâche la plus essentielle qu'elle ait jamais réalisée, recommençant au moindre doute afin que le pantalon eût la bonne tenue. À la fin, elle se montrait toujours satisfaite, c'était le plus bel ourlet qui ait jamais été cousu, ce pantalon tombait mieux qu'aucun autre, avait été fabriqué pour les jambes de son fils.

À l'époque où son mari vivait encore dans leur demeure, elle lui annonçait la nouvelle le soir venu quand il rentrait. « *Roman a encore grandi !* » claironnait-elle si fort que tout l'immeuble du numéro 16 de la rue Grande-Pohulanka pouvait l'entendre. Son mari, bouillonnant d'une joie contagieuse, se plaçait à côté de son fils et, pliant les genoux pour se mettre à la hauteur du garçon, lançait :

« *Roman, tu dépasses ton père !* »

Nina venait embrasser Arieh sur la bouche, fière de lui autant qu'elle l'était de Roman – son fils était leur œuvre, le sacre de leur union. Elle exultait comme si une partie de sa vie s'était accomplie dans ces quelques millimètres. Ce centimètre gagné était une victoire. On se congratulait, on faisait quelques pas de polka, mari et femme enlacés, ensemble comme au premier jour, unis pour l'éternité. Le garçon les rejoignait, entraîné dans la danse, transporté et ravi d'avoir contribué au bonheur des siens par le seul fait de sa croissance.

Maintenant, son mari dansait avec une autre.

— Un mètre... trente-cinq ! Roman, c'est magnifique ! fit-elle, et c'était comme si son fils avait remporté la médaille d'or aux Jeux olympiques.

L'enfant demanda d'une voix inquiète s'il aurait la taille suffisante une fois devenu grand.

— Tu seras un géant ! répondit-elle.

L'enfant la fixa droit dans les yeux, lui souriant comme s'il cherchait à conquérir une confiance pourtant déjà acquise. Au bout d'un long silence, il lui demanda la raison pour laquelle elle pleurait avant sa venue.

— Je ne sais plus, dit-elle, j'ai tellement de raisons.

Et, surprenant un soudain voile de tristesse sur le visage de son fils, elle lui dit de ne pas s'alarmer pour elle.

— File dans ta chambre maintenant, tu as des devoirs !

Elle se retrouva seule, alla jusqu'à la fenêtre, contempla sans y prêter attention le spectacle de la neige qui tombait, qui d'ordinaire la ravissait et dont elle ne se lassait pas. La brume recouvrait la partie de la ville étalée sous ses yeux. La clarté du jour faiblissait. Des lumières s'allumaient çà et là dans les maisons. Le ciel était blafard, un ciel vide et froid pareil à son destin. Le crépuscule était pour elle le pire instant du jour, son chagrin s'y exprimait plus qu'à aucun moment.

À la nuit tombante, quelque chose montait en elle, recouvrait lentement ses pensées, comme le brouillard sur la plaine. Quand l'obscurité avait enveloppé la ville tout entière, son esprit était plongé dans le noir absolu. La tentation était alors de s'abandonner au désespoir, de s'envelopper de peine comme par grand froid d'un châle de laine. Elle éprouvait toujours un ravissement coupable à sombrer corps et âme dans ces abîmes de désolation et de détresse. En pensée, elle enjambait la balustrade du balcon et s'envolait pour rejoindre les hauteurs de Berlin où elle accompagnait son fils durant ses derniers instants, passait par la fenêtre de la chambre d'hôpital pour aller s'allonger près de Joseph à l'agonie ou bien suivait en songe le cercueil du fils porté par quatre inconnus jusqu'à sa dernière demeure. Heureusement, des cris d'enfants provenant de la rue la ramenaient à la vie, la rappelaient à son devoir de mère, lui interdisaient de franchir le pas.

Elle redoutait plus que tout de ne pas avoir engrangé suffisamment de souvenirs de Joseph du temps de son vivant. Creusant au plus profond de sa mémoire, passant en revue les années de sa brève existence et au crible chaque pan de son enfance, elle avait tenté de compter les instants qu'elle avait partagés avec son fils. Au prix de longs efforts de concentration, elle s'en était rappelé cinquante-deux, seulement cinquante-deux souvenirs misérables et grandioses avec lesquels il lui faudrait tenir tout au long de son existence. Cinquante-deux images de son fils qu'elle devrait ressasser des décennies durant, qui combleraient le vide de toutes les années qu'il lui restait à vivre ; elle craignait de les laisser tomber une à une dans l'oubli. Et que lui arriverait-il si, à force de se les remémorer, elle avait usé tous ses souvenirs ? Si un jour elle avait tout oublié, s'il ne demeurait plus un seul souvenir de son fils ? Elle imaginait le reste sa vie comme une traversée du désert sans plus aucun puits où étancher sa soif.

Un « maman ! » crié depuis l'intérieur de l'appartement la tira de sa mélancolie. Elle s'en retourna vers la chambre, trouva le garçon debout face au miroir en train de s'observer dans la glace.

— Rue Zawalna, expliqua-t-il après qu'elle eut exprimé sa surprise de le voir ainsi, quelqu'un a prétendu que j'avais le nez crochu.

— Toi, un nez crochu ?

— Oui, comme les caricatures dans les journaux. De toute façon, je te connais, si j'avais le nez crochu, tu ne me le dirais pas.

— Évidemment, je te le dirais ! Je t'avouerais : Roman, les gens du Ghetto ont parfois un tel nez, comme Marek le simplet et Schlome le cordonnier. Parfois ils ont le nez grec, comme ton ami Sacha et parfois ils l'ont en trompette, comme Macha la Dingue. Parfois leur nez est minuscule, comme Yossik le ferrailleur, et parfois il raye le plancher, comme Pinhas le vendeur de harengs. Mais je te dirais surtout que celui qui voit d'abord en toi un nez ne doit pas bien nous sentir... J'ajouterais également, si tu avais un tel nez : sois fier de ton appendice ! Porte-le haut et loin, que les gens se souviennent de ta bosse comme de celle de Cyrano de Bergerac ! Déploie-la comme un drapeau, comme la marque d'une immense fierté. Mais tu n'as pas le nez crochu, alors cesse de me tracasser avec ça !

— Et la bosse, là ? s'inquiéta-t-il, en s'examinant dans le miroir avec la méticulosité d'un médecin auscultant un corps malade.

— Il n'y a aucune bosse ! Tu possèdes le plus beau nez qu'on puisse avoir !

— Mais papa aussi a une petite cassure ici, renchérit le garçon.

— Viens, fit-elle, je vais te montrer à qui tu ressembles !

Elle l'entraîna dans la salle à manger, s'agenouilla face à la pile de revues qu'elle collectionnait et qui, maintenant que l'on avait vendu la bibliothèque, étaient amassées contre le mur, sur le sol. Elle en tira un exemplaire, le feuilleta rapidement, s'arrêta sur une page, tendit le journal à son fils et dit :

— Regarde à quoi ton nez ressemble !

C'était un long papier consacré à un célèbre acteur russe dont le nom était écrit en lettres capitales, un certain Ivan Mosjoukine. L'article révélait que l'homme était l'icône du cinéma muet ; des photos le montraient sous tous les angles, vêtu de différents costumes de scène, un monocle sur l'œil ou un cigare aux lèvres.

— Alors, demanda-t-elle sur un ton de confidence, tu remarques la ressemblance ?

Il examina attentivement les photographies, adopta la pose du comédien, alla se mirer dans la glace et lâcha d'un air dépité, comme s'il était triste de décevoir sa mère :

— Je ne vois rien.

— Tu es aveugle ! C'est toi tout craché, il pourrait être ton père !

— J'ai déjà un père, se défendit-il.

— Oh, je sais ! gémit-elle.

Elle reprit le journal, déchira avec soin une des pages, la plia en quatre et la tendit à Roman.

— Tu es toujours amoureux de la même fille ? demanda-t-elle sur un ton badin.

Le garçon rougit.

— Tu m'as bien promis de ne plus jamais manger le caoutchouc de tes souliers pour elle ?

Il fit un oui timide.

— Montre-lui la photo, fais miroiter la ressemblance, tu verras son regard qui change. Crois-moi, pour faire briller les yeux des filles, un père acteur vaut mieux qu'un père fourreur !

Il empocha la feuille d'un air résigné. Après quoi il ajouta d'une voix craintive qui semblait sûre de déclencher la foudre :

— Et si moi je trouve que fourreur est un beau métier… ?

Elle le laissa divaguer.

— Et même, ajouta-t-il en hésitant, puisque nous sommes ruinés, que tes chapeaux ne se vendent plus, que papa n'est plus à la maison, je pourrais…

Elle le dévisagea d'un regard noir, attendant qu'il s'explique.

Il livra le fond de sa pensée. Il avait eu l'idée d'aller travailler à l'atelier de son père, fort des bases du métier qu'il lui avait déjà enseignées – comment coudre et couper les peaux, comment travailler la zibeline et l'astrakan. Et, comme il n'était pas plus stupide qu'Ephraïm le Boiteux ou que Menasseh le Borgne, qui officiaient depuis dix ans dans l'atelier, il apprendrait rapidement et bientôt ramènerait assez d'argent pour payer le loyer de l'appartement.

— Tu arrêteras l'école ? demanda-t-elle en s'empêchant de rire.

Il acquiesça. Il s'ennuyait à l'école. L'école ne lui apprenait rien, lui faisait perdre son temps.

Elle déclara d'un air définitif :

— Tu n'arrêteras jamais l'école et tu ne seras jamais fourreur !

Un air d'incompréhension s'afficha sur le visage du garçon.

— Papa dit que c'est le plus beau métier du monde, bredouilla-t-il.

— Ton père prétend aussi vivre avec la plus belle femme du monde. *A sheyne reyne kapore*[1] ! Tu ne seras jamais fourreur, c'est ta mère qui te l'interdit ! Tu ne passeras pas comme ton père ta vie au milieu des peaux d'animaux ! Tu n'as rien de ce *sheygets*[2] ! Tu n'es pas lâche comme lui ! Fourreur est le pire métier qui soit et ton père est le pire des hommes.

— Je n'aime pas quand tu parles comme ça de papa.

— Si tu ne veux pas que je le traite ainsi, il n'a qu'à pas me traiter comme il le fait ! Va donc terminer tes devoirs !

L'enfant fila dans sa chambre.

— Fourreur…, soupira-t-elle en levant les yeux au ciel. J'aurai tout entendu !

Elle ouvrit la fenêtre et alla s'installer au balcon sur le tabouret de bois d'où elle avait coutume de surveiller son fils quand il rentrait de l'école. C'était comme si le fait d'attendre Roman le faisait arriver plus vite et elle n'était pas loin de croire que son propre esprit interférait avec celui de son enfant par

1. Qu'il aille au diable !
2. Impudent.

un lien spirituel et charnel dont la disparition de Joseph avait encore décuplé la puissance, fusion d'amour maternel et de piété filiale, alliance qui surpassait dans l'esprit de Nina l'attachement de son Peuple à l'Éternel, acte de foi dans une religion comptant un seul élu, Roman.

Imprégnée de la fraîcheur de l'air, elle tendit la joue aux cristaux de glace que de petites bourrasques lui jetaient au visage. Elle se sentait déjà mieux. La conversation avec son fils avait dissipé son vague à l'âme. Cet enfant avait un don. Un seul de ses regards asséchait ses larmes, mettait ses chagrins en déroute, éloignait les grands désespoirs. Elle songeait à lui, et l'horizon s'éclaircissait, les portes de l'avenir, les frontières du possible s'entrouvraient.

Enveloppée sous une épaisse couche blanche, la rue perdait peu à peu de sa laideur. Qu'importait après tout à Nina que son mari aille avec une autre, que la boutique Maison Nouvelle bâtie de ses mains tombe en faillite, et la fortune qu'elle devait à Yaakov le prêteur sur gages, l'appartement du 16 que l'on devrait quitter prochainement faute d'en avoir réglé le loyer ? On n'emportait rien dans la tombe, ni pièces d'or, ni meubles. La mentalité petite-bourgeoise de la famille de son mari lui était étrangère. Son père à elle était horloger, pas fourreur. La famille Owczinska comptait le cours du temps, pas celui de la Bourse.

Les mois précédents avaient tracé un interminable chemin de souffrances, perpétré tous les malheurs possibles, même si, en regard de la disparition d'un fils, toute douleur est insignifiante, toute peine est dérisoire. Elle avait quarante-six ans, avançait sur la pente glissante des années, plus proche de la fin que des commencements. À son âge, des femmes étaient déjà grands-mères quand elle avait un fils de dix ans à peine. Voilà quelques semaines, Roman l'avait tirée par le bras pour courir dans la rue. Elle s'était arrêtée après quelques dizaines de mètres au bord de l'épuisement. Il avait eu l'air étonné et déçu. Réalise-t-on jamais l'âge de sa mère, hormis à ses derniers instants ?

À l'heure de livrer ses chapeaux à ses clientes, elle sentait désormais ses jambes fatiguées et ses épaules lourdes. Ses cheveux grisonnaient. Son miroir lui faisait découvrir une nouvelle ride chaque semaine. Elle n'aurait su dire depuis quand un homme ne l'avait pas désirée du regard ou simplement suivie des yeux. Où trouverait-elle la force de recommencer une vie, de repartir de zéro dans un pays étranger, avec pour seuls bagages des dettes et des souvenirs, le fardeau de ses drames et le poids des années ?

Elle voulait enfin voir la lumière. Elle rêvait de partir dans le sud de la France, où, avait-elle lu, le soleil brillait toute l'année, l'hiver était doux, le ciel bleu et la mer toujours calme. Cet immense besoin de paix et de délicatesse qu'elle éprouvait, la vie ne le lui donnait plus désormais que dans les yeux de Roman. Elle aspirait à une pause, quelques mois de tranquillité qui viendraient enfin clore toutes ces furieuses années de lutte. Le sort ne pouvait-il se montrer clément quelque temps, la misère et la mort aller rôder ailleurs ? Elle avait eu sa part, avait payé son dû. Que le malheur fasse une halte et le bonheur fausse route pour s'arrêter devant sa porte. Il s'agissait simplement pour un ou deux printemps de poser ses valises dans un coin à l'abri, rien ne serait plus grave, ni urgent, ni vital. Plus aucune colère soudaine ni brutale ne viendrait ébranler la calme tiédeur du jour. Elle avait besoin de souffler, oublier sa révolte et sa rage, ne plus sonder sans cesse une infinie douleur dans l'abîme des heures. Se sentir à nouveau frôlée par la grâce. S'entendre murmurer quelques mots à l'oreille par un homme. Son corps dont deux amants seulement avaient respiré l'odeur, caressé la peau et célébré la chair, son corps meurtri n'était plus aujourd'hui que la vaine dépouille d'amours déjà défuntes.

Elle vérifia d'un coup d'œil que Roman était bien dans sa chambre, sortit le paquet de cigarettes qu'elle gardait au fond de la poche de sa robe. Il lui faisait une scène chaque fois qu'il la voyait fumer. Lorsqu'il sentait une vague odeur de fumée dans la pièce, il la dévisageait d'un air inquisiteur, cherchait dans son haleine des traces de tabac.

Elle fit claquer une allumette, aspira une longue bouffée et se laissa porter. Devant elle, à ses pieds, Wilno n'était plus Wilno, c'était Moscou et c'était Vienne.

Elle connaissait Vienne par la revue *Terres d'Europe*, à laquelle elle avait été abonnée et qui avait consacré à la ville un feuilleton écrit par un romancier dont elle avait oublié le nom et sous la plume duquel elle avait arpenté les allées du Prater et la Ringstrasse, écouté des fanfares dans des kiosques à musique et valsé au son des orgues mécaniques. Lovée dans les bras d'un officier portant un sabre et des gants blancs, elle était montée sur le grand 8, poussant des *Oh !* et des *Ah !* de frayeur et de ravissement. Elle s'était laissé conduire au Hofburg Theater dans un fiacre tapissé de velours rouge et un officier l'en avait fait descendre en lui tenant la main. Puis elle avait gravi les marches de l'Opéra dans sa longue robe de satin devant une foule de badauds que charmait son élégance.

Moscou, elle pouvait en parler des heures durant. Pour le simple plaisir de voir le regard de Roman briller d'émerveillement, elle lui racontait qu'elle avait joué dans les plus grands théâtres moscovites. Et quand l'enfant demandait si elle disait la vérité, elle expliquait que les choses devenaient vraies dès l'instant où on les croyait.

Le garçon s'endormait l'air heureux, apaisé.

Mais, plus encore que Moscou, elle adorait Paris. Elle respirait le vent du soir en songeant à la France et se sentait transportée sur les Champs-Élysées. Rien n'égalerait jamais Paris dans son esprit et dans son cœur. Sans jamais y avoir mis les pieds, elle se sentait déjà française. Quelle autre nation au monde serait prête à se déchirer pour l'honneur d'un capitaine juif ? Elle pensait à Dreyfus et elle aimait la France. Elle pensait à Paris et sa tristesse s'envolait.

Elle vit alors surgir au bas de chez elle la silhouette grasse et massive de Hermann Freizskin. Il traînait dans son dos un chariot rempli du bric-à-brac d'objets qu'il vendait d'ordinaire au marché de la ville. Elle jeta sa cigarette avant qu'il ne l'aperçoive sur son balcon. L'homme leva la tête et lui lança, d'une voix ironique :

— Tu as l'air heureuse, Nina, qu'est-ce qui t'arrive ?

Elle répondit le plus sincèrement du monde que c'était l'air de Paris qui la rendait joyeuse. L'homme la dévisagea avec un hochement de tête perplexe. (Allez expliquer la magie de Paris à quelqu'un qui vend des pendules hors d'usage ! Allez parler de la féerie des Grands

Boulevards à un type pour qui le bout du monde se trouve au coin de la rue Grande-Pohulanka !)

— Tu n'es pas bien à Wilno ? poursuivit-il.

Elle hocha la tête, désolée par ce qu'elle entendait.

— Regarde autour de toi, qu'est-ce qui te manque ici ?

Elle embrassa du regard les alentours et ne vit que dépit et désolation.

— Tu as toujours l'air triste ou l'air ailleurs. Pourquoi ne prends-tu pas la vie du bon côté ?

— Quel côté ? s'écria-t-elle.

— Le bonheur est partout, répondit Freizskin. Il n'y a qu'à piocher !

Et comme, tout en parlant, il avait fait une petite embardée avec son chariot, une casserole en tomba dans la neige. Il se précipita pour la ramasser, l'astiqua soigneusement avec la manche de son manteau, la reposa au-dessus des autres objets minables de son pauvre trésor.

— Tu sais quel est ton problème ? avança-t-il.

— Parce que c'est moi qui ai un problème ? se moqua-t-elle.

— Ton problème poursuivit-il, c'est que tu es nostalgique ! Tu vas dire que je me mêle de ce qui ne me regarde pas et que je n'ai pas les diplômes nécessaires pour être un fin psychologue. Mais crois-moi quand je te dis que la nostalgie est la source de tous tes soucis.

Oui, ton problème c'est que tu penses que c'était mieux avant.

— Je te répète que je n'ai aucun problème, Hermann ! Sinon en ce moment avec un demeuré qui se prend pour le docteur Freud !

— Tu mens, cela se voit d'ici ! Tu mens en yiddish, ce qui vaut mieux que de mentir dans notre langue hébraïque sacrée mais qui est déjà sacrilège et va à l'encontre du huitième commandement divin. Tu as un problème de nostalgie et c'est incompréhensible, puisque le ghetto de Wilno est le seul endroit du monde où personne ne peut dire ou seulement penser : « C'était mieux avant ! »

— Et si moi je le dis, que c'était mieux avant ?

— Avant quand ? Quand nous étions massacrés par les Cosaques du Tsar, internés par les Allemands du Kaiser ou embrochés par la cavalerie polonaise ?

— Je suis nostalgique si je veux, Hermann ! Et ça n'est pas un receleur de casseroles usagées qui va me dicter mon tempérament !

— Tu refuses le dialogue, Nina. Sache que si tu as besoin de parler, tu sais où me trouver.

— Parce que tu as une adresse maintenant ?

— Je suis dans la rue à toute heure du jour et de la nuit. Le monde est mon domaine, le ghetto mon bien tout entier.

Il lui adressa un baiser de la main et ajouta, avec une pointe de fierté dans la voix :

— Je suis un grand propriétaire terrien !

Puis il reprit sa route, ses pas s'enfonçant dans la neige, les roues de la carriole creusant dans leur sillage de longs bandeaux de boue.

— Quelle misère ! gémit-elle, tout en tirant une autre cigarette.

L'idée de quitter Wilno remontait à une époque antérieure même à la succession de drames qui étaient advenus. Il lui avait toujours semblé que son destin se situait ailleurs que dans cette ville, même si elle y revenait sans cesse, si invariablement le sort la ramenait ici. Et tandis que, d'ordinaire, la plus ancrée de ses résolutions résistait seulement l'espace de quelques jours, sa détermination à partir n'avait jamais faibli.

Nina n'avait jamais été sensible aux charmes de celle que l'on surnommait la Jérusalem de Lituanie, célébrée dans le continent comme le haut lieu de la religion juive, qui comptait la meilleure école rabbinique d'Europe, la plus prestigieuse bibliothèque de livres saints, qui concentrait entre ses murs tout le génie du judaïsme. Les ruelles suintaient la pauvreté et la misère, les rats couraient dans les rigoles, les familles s'entassaient à dix dans trois pièces impossibles à chauffer faute de bois ou de charbon. Cette Jérusalem spirituelle de songes et de pacotille s'édifiait sur une terre plus rude, plus impossible à vivre et plus violente que la Terre promise, un emplacement que les croisés de tout le continent, tantôt russes, tantôt polonais, tantôt lituaniens, tantôt allemands se disputaient, ne cessaient de prendre et de perdre, sans jamais dans leur avancée ou dans leur retraite manquer d'occire les habitants du ghetto, accusés tour à tour ou simultanément d'empoisonner les puits, de répandre la peste, de fomenter la révolution ou d'avoir tué le Christ. Elle avait vécu dans sa chair l'exode forcé de 1915, le grand pogrom polonais de 1919, les exactions des Cosaques dans sa jeunesse. Elle rêvait d'un ailleurs oublieux de ses origines.

Dans ce monde nouveau, on lui accorderait considération et respect. On lui demanderait à l'entendre : « Êtes-vous russe ou polonaise ? Ces grandes nations sont nos amies. » Ce monde irréel et lointain existait dans ses rêves. C'était la France.

Elle s'imaginait ouvrant les paupières à son réveil sur la butte Montmartre, Roman lui préparerait son petit déjeuner en beurrant une tranche de pain. Ou bien elle se voyait au commissariat de l'avenue Paul-Déroulède. (Elle adorait ce nom, qui sonnait tellement bien : Paul Déroulède. Parfois elle prononçait des noms français à voix haute pour le simple plaisir de les avoir en bouche ou de les entendre résonner dans l'air, comme on jette des dés : Georges Clemenceau, Roger Martin du Gard, Maréchal Joffre, Jules Lacourière,

Louis-Claude Lacave, professeur de La Tour Maubourg, c'était tout de même autre chose que Heschel Mendevitch et Matzek Lévisky !) Elle tendait son passeport à un fonctionnaire souriant et affable comme l'étaient les Français. Une fois sa tâche terminée, l'homme qui se prénommerait Jules ou Charles la raccompagnerait à la porte en lui adressant un « Bienvenue madame Kacew ». Ainsi serait effacé de sa mémoire cet autre souvenir de commissariat qui continuait de la hanter, remontait au début du siècle quand elle avait vingt ans, Wilno étant alors sous domination russe. Un commissaire de la police tsariste l'avait interrogée après que sa cousine Ethel eut été violée par un Cosaque. Le commissaire voulait comprendre les circonstances des événements, persuadé que seul le comportement d'Ethel avait pu pousser un soldat du tsar à de tels agissements. Nina ne s'était laissé démonter ni par les remarques inquisitrices de l'officier ni par ses regards accusateurs. Ayant à l'esprit la dague enfoncée dans le ventre de sa cousine après le viol, elle avait répondu aux questions comme si sa vie en dépendait. La mort dans l'âme, elle avait admis la responsabilité d'Ethel dans son propre meurtre, évoqué une provocation, une erreur de jeunesse emportée dans la tombe par la victime. Le commissaire avait soigneusement enregistré la déposition et, sans doute pris de pitié, avait renvoyé Nina chez elle sans autre forme de procès.

Elle voulait offrir à son fils le meilleur des futurs et ne devinait nulle part de lendemains qui chantent au milieu des rues de Wilno. À lire les nouvelles du monde, à entendre les bruissements de haine, elle sentait comme une menace, quelque chose de trouble et de confus mais qui semblait couver, gronder au-dessus d'elle, des coups de tonnerre lointains et dont l'écho se rapprochait. Elle voulait fuir cette menace, mettre Roman à l'abri de ce monde gorgé de ressentiments tout prêt à exploser au-dessus de sa tête. Elle savait d'expérience que le souffle des tempêtes emporte d'abord dans la tourmente les plus démunis et les plus fragiles. Le malheur avait développé en elle comme un sixième sens, un don prémonitoire. Nul n'osait lui contester cette qualité, c'était un être d'instinct, sensible à l'environnement comme aux entourages – entrant dans une pièce, elle pouvait d'emblée percevoir sans qu'un mot n'ait été prononcé, un seul regard échangé, si quelqu'un lui était hostile. Et marchant dans les rues du vieux Wilno au milieu d'une populace vivant comme au siècle passé, grouillant d'une joie exubérante à la mesure de la misère qui les frappait, elle éprouvait le pressentiment que ces jours-là d'insouciance ne dureraient pas. Elle redoutait que les temps modernes ne dévorent le monde ancien.

Mais si jamais elle s'ouvrait de ses intuitions à quelqu'un, on la traitait de folle.

« *Que peut-il bien nous arriver ?* »

Elle n'en savait rien.

« *Qui peut bien nous envahir à nouveau ?* »

Elle l'ignorait.

« *La Russie est ruinée par la Révolution et l'Allemagne en miettes à cause de la Grande Guerre. Nous sommes tranquilles pour cent ans. De quoi peux-tu bien avoir peur ?* »

Elle avait peur, voilà tout.

« *Tu as toujours eu peur de tout, Nina.* »

C'était vrai.

Elle avait toujours redouté qu'il arrive malheur aux siens. Et le malheur avait frappé et emporté son premier fils.

Elle entendit frapper à la porte, quitta le balcon, referma la fenêtre, alla ouvrir. C'était M. Piekielny, son voisin.

— Bonjour madame Kacew, fit-il de son ton aimable et révérencieux qui semblait toujours s'excuser de quelque chose. Est-ce que je vous dérange ?

_ Vous n'êtes pas du genre dérangcant, monsieur Piekielny, répondit-elle en l'invitant à entrer.

— Oh, je ne veux pas m'imposer. Je voulais simplement vous dire que j'avais réfléchi à la proposition d'achat de vos beaux livres. J'ai fait mes calculs. J'ai pu réunir vingt zlotys cinquante au lieu des vingt et un réclamés. Alors si la transaction vous convient, je peux vous acheter les deux livres reliés de cuir de M. Gustave Flaubert.

— Qu'est-ce qui vous a fait changer d'avis, monsieur Piekielny ? répondit-elle avec un léger embarras, attendrie par sa proposition mais convaincue que l'homme se portait acquéreur par pure mansuétude.

— Eh bien, expliqua-t-il d'une voix hésitante, je suis allé vérifier à la bibliothèque et j'ai pu constater que les deux livres de M. Gustave Flaubert avaient été écrits à treize ans d'intervalle, approximativement la différence d'âge qui séparait vos deux fils. Alors j'y ai vu comme un signe.

— Votre intention me va droit au cœur, monsieur Piekielny, murmura-t-elle en tentant d'endiguer le flot de tristesse montant en elle.

— J'ai beaucoup apprécié votre Joseph l'année où il est venu vivre ici, confia M. Piekielny. Cet argent sera un peu comme une pierre déposée sur sa tombe.

— Et un cadeau pour Roman, qui vous apprécie aussi beaucoup, précisa-t-elle, plus légère, comme si elle voulait dédramatiser cet instant. Souhaitez-vous emporter les livres maintenant ?

— Je viendrai la semaine prochaine, répondit-il, un peu gêné. En réalité, il me manque trois zlotys cinquante pour obtenir la totalité de la somme et je vais aller les emprunter à mon cousin Shmuel Horowitz, qui travaille dans la finance.

— Celui qui vend des poules au marché ?

— Lui-même, acquiesça-t-il avant d'ajouter tout en baissant le regard, d'une voix soudain plus affligée : C'est décidé... vous partez ?

— Disons que nous l'envisageons fortement, nuança-t-elle, comme si elle voulait se persuader que la décision n'était pas encore définitive.

— Vous n'avez pas peur... de tout quitter ?

— Tout ? dit-elle d'un air désolé, désignant l'appartement vide d'un geste de la main.

— Traverser le continent, partir dans l'inconnu... souffla-t-il comme s'il se parlait à lui-même.

— Nous n'allons pas dans l'inconnu, nous allons vivre en France ! dit-elle sur un ton plein d'éloquence, comme si elle voulait se convaincre de quelque chose.

— Vous connaissez du monde en France ? s'inquiéta-t-il.

— J'en connais beaucoup ici, et voyez où cela m'a conduite.

Mon cousin Wojcek Libermann est parti s'installer à Nuremberg. Il y mène une vie de misère. Les Allemands ne sont pas commodes avec les étrangers.

— La France, ça n'est pas l'Allemagne, monsieur Piekielny... Et puis, ici aussi, nous vivons une vie misérable

— Mais ici, au moins, c'est chez nous.

— Ça n'est pas l'avis du propriétaire qui menace de nous expulser, lâcha-t-elle avec un sourire, comme si tout cela n'était qu'une blague.

— Je comprends... Je ne veux pas vous déranger plus longtemps. Bonne soirée, madame Kacew.

Elle s'apprêta à refermer la porte quand il revint vers elle pour déclarer :

— Vous savez, pour l'argenterie, ma proposition tient toujours...

— Je n'oublie pas, monsieur Piekielny.

Il salua puis disparut dans la pénombre du couloir.

Elle retourna sur le balcon, alluma une autre cigarette. La nuit était tombée. Les traces des roues de la charrette de Hermann Freizskin avaient été recouvertes par la neige. Un parfum de mélancolie flottait dans l'air du soir. Peut-être, après tout, n'irait-elle jamais en France. Peut-être les personnes de sa condition devaient-elles s'interdire de rêver inconsidérément. À petites gens, ambitions modestes. Un poêle à charbon, un fils fourreur. Tout le monde n'avait pas la chance d'avoir un fils fourreur ou un poêle à charbon. Cela pouvait être l'œuvre d'une vie de mère. Qui était-elle pour rêver de conquérir Paris ?

Lorsqu'elle avait annoncé à Bella son intention de quitter Wilno, sa sœur, son unique confidente, lui avait, sur un ton ironique, demandé où elle avait choisi d'aller.

« D'abord à Varsovie. Et de Varsovie, nous prendrons le train pour la France.

— Tu crois qu'on t'attend en France ?

— Bella, personne, nulle part, ne m'attend. »

Peut-être devrait-elle plutôt se résigner au spectacle étalé sous ses yeux. Consentir à attendre sur le balcon pour le restant de ses jours que Roman revienne. Et quand, un jour, son fils quitterait la maison, ne plus rien espérer de la vie.

Elle avait patienté de longs mois d'incertitude et de détresse avant de tomber enceinte de Roman, de devenir mère pour la seconde fois à l'âge canonique de trente-cinq ans. Une décennie après la naissance de Joseph, elle était passée par toutes les affres, tous les doutes, toutes les peurs, avait enduré tous les sarcasmes des habitants du ghetto, avait été traitée par la famille de son mari comme une pestiférée, femme devenue stérile, inapte à procréer, maudite.

Elle qui ne priait jamais s'était mise à adresser de ferventes suppliques à l'Éternel, l'implorant de lui donner un enfant, comme Sarah au temps des Patriarches.

Elle avait espéré la venue de son fils à toute heure du jour, elle en rêvait la nuit, y songeait au matin en regardant Arieh enrouler les lanières de cuir autour de son bras et de son front, y pensait dans son atelier de modiste devant les femmes enceintes qui lui avaient commandé un chapeau, s'interrogeant en silence : Pourquoi elles et pas moi ?

Certaine qu'elle accoucherait d'un fils, chaque fois qu'elle terminait un nouveau modèle, elle lui donnait un prénom de garçon, contemplait son œuvre et songeait : « *Voilà Menassé, ou Yossik, ou Avner* » tout en faisant tourner le chapeau autour de l'index. Un jour, elle avait dit : « *Voilà Roman* », le chapeau n'avait cessé de tourner, tel un danseur qui pirouette. Son fils se prénommerait Roman.

Elle y pensait le soir quand son mari rentrait, y pensait en s'offrant à lui, toutes les nuits possibles, y pensait pendant qu'il l'étreignait, l'embrassait, la caressait, lui mordillait les seins, la pénétrait. Quand il avait joui, elle y pensait encore. Elle adressait à l'Éternel une dernière prière pour que la semence de son mari fût riche, abondante et féconde.

Elle pensait à son fils comme à une terre promise.

Il fallut patienter près de deux ans avant qu'elle pût enfin sentir ses seins s'alourdir, sa silhouette s'arrondir. Enfin, en mai 1914, un fils vint au monde. Le bonheur ne dura que le temps du printemps, une moitié d'été. En août, la guerre était déclarée, Arieh mobilisé dans l'armée russe, et elle bientôt contrainte au départ, obligée de fuir la zone frontalière aux combats, embarquée dans un épouvantable périple vers l'est jusqu'à Koursk, condamnée à l'exode, son nourrisson entre les bras.

Une quinte de toux retentit depuis la chambre. Roman était sorti sans son manteau. Elle lui avait répété : il va neiger, mets ton manteau ! Il n'en faisait qu'à sa tête. Oh, vivement Paris ! – Et elle s'était convaincue qu'à Paris il ne neigeait jamais.

Le garçon semblait plus taciturne depuis quelque temps et Nina se demandait quel enseignement il pouvait retenir d'un homme ayant quitté sa femme pour aller vivre avec une autre. Quelle leçon grotesque, quel souvenir de vaudeville un geste aussi minable pouvait-il lui délivrer ? Pouvait-il éprouver autre chose que de la haine pour son géniteur ? À moins d'abonder en son sens, de partager son avis et d'en arriver à mépriser sa propre mère ?

Ce départ l'avait contrainte à tenir tous les rôles : mère et père à la fois. Exercer son métier de modiste, cuisiner la carpe farcie et faire preuve d'autorité.

Elle n'avait pas la recette pour se faire obéir de son fils, en faisait toujours trop ou pas assez, piquait des colères noires ou fondait en larmes. Un jour, à bout de nerfs, elle avait laissé partir une gifle sur la joue de Roman.

Elle avait alors éprouvé une honte immense et en avait conclu que punir Roman lui était impossible. Peu importait si Bella la traitait de mauvaise mère. Il n'y a pas de mauvaise mère, il y a surtout des pères absents.

Elle n'avait jamais considéré l'obéissance comme une vertu. La subordination fait de bons petits soldats, et plus que tout elle redoutait que son fils ne devienne de la chair à canon. Et elle était fière, finalement, malgré les difficultés que son indiscipline occasionnait, que Roman se montrât si libre de ses actes, ne se souciât pas de ses ordres. Certains jours, tandis qu'il venait de lui désobéir le plus effrontément du monde, elle se postait devant le miroir et, s'adressant à elle-même, murmurait avec fierté : « Comme j'ai bien élevé mon fils ! »

Elle voulait qu'il fût pourvu de tous les dons, devînt riche de tous les talents, possédât tous les courages – un pur, un juste, un brave qui emploierait sa vie à laver les outrages, réparer les offenses, venger sa mère de la lâcheté, de la mesquinerie, de la petitesse et de la veulerie. Elle qui avait connu le pire de l'existence aurait conçu le meilleur des hommes.

C'était bientôt l'heure de dîner. Elle rentra réchauffer le reste de soupe aux pommes de terre de la veille, mit la marmite sur le feu. Un ridicule morceau de bœuf grand comme la paume de la main baignait au milieu des patates. Elle remua lentement, sans plus songer à rien. Bientôt son fils l'appela, elle se rendit dans sa chambre.

— Maman, fit le garçon, Sacha Goldberg doit passer chercher un livre avant le dîner. Si tu veux me faire plaisir, ne refais pas avec lui ce que tu as fait avec Madek.

— Qu'est-ce que j'ai fait avec Madek ? demanda-t-elle d'une voix innocente.

— Tu sais très bien, dit-il d'un ton accusateur. Le coup du collier de la Tsarine. Depuis, Madek ne veut plus remettre les pieds ici.

— Et tu donnes raison à ce petit malotru ? Tu as honte de ta mère, maintenant ? s'emporta-t-elle. Si tu préfères, je peux me cacher dans un placard quand tes amis arrivent !

Elle quitta la pièce, vexée.

Elle souleva le couvercle de la marmite, contempla d'un air désolé le bout de viande qui surnageait dans une eau à peine plus épaisse que de l'eau de pluie. Elle reposa le couvercle, coupa deux tranches de pain noir, en goûta un bout. La mie était rassie.

2

Roman

En attendant la venue de son camarade, le garçon jouait aux osselets pour apaiser son impatience. L'instant était crucial. Roman devait élaborer ce soir avec Sacha Goldberg un nouveau plan visant à conquérir le cœur de celle dont il rêvait depuis des mois, dont il louait la grâce et la beauté auprès de tous ses camarades : Ethel Susjzinski.

Qui ne connaissait pas Ethel Susjzinski ne pouvait imaginer combien Roman l'aimait. Qui ne connaissait pas Ethel savait-il d'ailleurs seulement ce qu'était l'amour ?

Hélas, en sa présence, Roman devenait quelqu'un d'autre. Il rougissait, ses jambes flageolaient, il tremblait de tous ses membres, il perdait ses moyens, n'arrivait pas à aligner trois mots, devenait pâle quand il avait cessé d'être rouge, se mordait les lèvres, se regardait les pieds. Les yeux d'Ethel Susjzinski étaient de grands phares qui l'éblouissaient, son visage était semblable à celui des Madones des peintures italiennes que sa mère l'emmenait voir au musée de Wilno, ses cheveux étaient si longs qu'il aurait pu en faire des cordes pour jouer dans la cour du 16 de la Grande-Pohulanka et ses poignets si fins qu'on craignait qu'ils ne se brisent. Son sourire n'était pas sans rappeler le sourire de Nina. Un jour, le vent avait soulevé le bas de sa robe, Roman avait vu ses mollets.

Il la surnommait *Grand Amour*.

L'instant où il pourrait enfin la regarder en face verrait naître une fabuleuse histoire. Ils marcheraient main dans la main le long des rues de Wilno. Roman déposerait un baiser sur ses joues au jardin botanique, la conduirait déguster un chocolat au café Rudnicki ou au café Bon-Bon, l'accompagnerait à l'Opéra de Wilno écouter Mlle La Rare chanter *La Traviata*. Peut-être même, pour rendre le plus vibrant hommage à la grâce d'Ethel, Nina accepterait-elle de lui confectionner un chapeau que l'on baptiserait *le chapeau Grand Amour*.

Une semaine auparavant, Roman avait eu l'idée de confier à son ami Sacha la valeureuse tâche de messager, d'intermédiaire. En échange de la promesse de lui faire ses devoirs de mathématiques, Sacha Goldberg devait révéler à Ethel la nature des sentiments de Roman, lui dire combien son amour était grand.

Sacha Goldberg était surnommé *Gueule d'ange,* on le disait beau comme un cœur, et charmant et aimable. Sacha s'était toujours flatté d'avoir connu des ribambelles de filles et de les avoir toutes embrassées. Son aplomb, son audace et sa fougue imposaient le respect. Roman n'avait pas douté en l'envoyant au combat que son camarade reviendrait en vainqueur déposer l'assentiment d'Ethel à ses pieds.

Cependant, le précédent projet avait lamentablement échoué et, tout en jonglant avec les osselets, Roman s'efforçait de se remémorer dans le détail l'aventure survenue la semaine passée. Il tentait d'analyser ce qui avait cloché, ce qui pourrait être corrigé.

Le jeudi précédent, aux alentours de quatre heures, juste après la sonnerie de la cloche, *Gueule d'Ange,* tout à sa mission de médiateur, s'était avancé en direction d'Ethel. « *Sois brave et ramène-la* », lui avait lancé Roman en guise d'encouragement, avant d'aller se cacher derrière un arbre d'où il pouvait observer la scène. *Gueule d'Ange* s'était aussitôt entretenu avec Ethel, faisant preuve de la plus totale assurance, comme s'il était naturel de converser avec une personne du sexe opposé. *Grand Amour* fixait *Gueule d'Ange* de ses grands yeux brillants et doux, acquiesçait de la tête aux propos de son interlocuteur, tout absorbée par ses paroles. Le brouhaha était tel qu'ils s'étaient rapprochés sans doute pour mieux s'entendre. Rien d'autre ne paraissait exister autour d'eux. Ils semblaient seuls au monde.

Et, devant la tournure parfaite que prenaient les événements, le consentement que la fille de ses rêves semblait exprimer à la proposition du missionnaire qui portait ses attentes les plus intimes, Roman avait senti l'espoir grandir en lui. Il voyait ses espérances bientôt concrétisées par le truchement de son stratagème, imaginait la main d'Ethel dans la sienne, ses lèvres posées sur sa joue. Elle était déjà sa fiancée. Au bout d'un temps qui lui avait semblé une éternité, Sacha Goldberg s'était retourné en sa direction avec une expression de victoire que Roman avait mise sur le compte du couronnement de leur entreprise. Le garçon était retourné se réfugier derrière son arbre, à l'ombre du grand tronc, transfiguré par le mystère de la passion, tétanisé par un mélange de honte et de joie, éprouvant en un instant tous les doutes et les extases, voyant défiler sous ses yeux les paysages de l'amour, en ressentant pour la première fois les transes, la chaleur enveloppante des commencements, persuadé que l'irréparable appelé de ses vœux s'était accompli en ce jour, le sort en était jeté, Ethel connaissait désormais la pureté de ses sentiments.

Quand il avait repassé la tête, son cœur s'était arrêté de battre : la rue était devenue déserte, Ethel et Sacha Goldberg avaient disparu, son grand amour et son messager s'étaient volatilisés.

Portant le regard au loin, Roman avait cru apercevoir deux silhouettes enlacées dans l'étreinte d'un long baiser. Ayant fini de s'embrasser, elles s'étaient glissées dans une ruelle avoisinante.

Roman avait patienté dans le froid, près de l'arbre, immobile, agitant de temps à autre les bras pour que Sacha Goldberg pût le remarquer en revenant de sa mission.

À la nuit tombée, il avait fini par rentrer.

L'idée que les deux silhouettes pouvaient être *Gueule d'ange* et *Grand Amour* ne lui avait pas effleuré l'esprit. Et quand Sacha lui avait affirmé, des trémolos dans la voix, jurant ses grands dieux, en appelant à leur amitié, qu'il n'avait pas trompé sa confiance, Roman avait acquiescé. Soupçonner son ami, c'était se trahir lui-même.

Il s'était convaincu qu'il avait rêvé. L'amour rendait un peu cinglé, provoquait des hallucinations. Ce soir annonçait un nouveau départ.

Roman entendit des coups frappés à la porte. Cela devait être Sacha. Mais, avant même qu'il ait eu le temps de se lever, Nina alla ouvrir.

— Veux-tu bien ôter tes chaussures, tu vas salir mon parquet ! hurla-t-elle à peine le garçon avait-il posé un pied dans le couloir.

— Roman ne les enlève jamais, osa objecter *Gueule d'ange.*

— Roman, ça n'est pas pareil ! notifia Nina, comme si les souliers de sa progéniture étaient forcément moins crottés que ceux d'un étranger. Allez, poursuivit-elle, il t'attend dans sa chambre. Et ne t'éternise pas. Nous allons bientôt manger ! Mais avant, puis-je te poser une question ?

— Tout ce que vous voulez, madame Kacew !

— Est-ce vrai ce que m'a dit Roman au sujet de ta famille ? Vous allez déménager hors du ghetto ? Au milieu des Polonais ?

Roman se précipita dans le couloir pour éviter un sermon à Sacha Goldberg.

— Sais-tu ce que cela signifie ? poursuivit Nina. Sais-tu de quoi nos voisins sont coupables ? Roman m'a expliqué que tu venais de Galicie, peut-être n'es-tu pas au courant de ce qui a eu lieu ici, par le passé. Moi, je vais te l'apprendre !

— Maman ! Pourquoi ? s'écria Roman, certain que son intervention était vaine.

— Tu ne veux pas que j'informe ton ami des menaces qu'il encourt ? Tu veux laisser ton propre camarade seul avec ses bourreaux ?

Roman n'insista pas.

— Ouvre grand tes oreilles, *Gueule d'ange*, et retiens ça... Ce crime dont je te parle a eu lieu voilà seulement six années, Sacha. Nous sortions à peine de la guerre. Les Polaks avaient repris Wilno aux Boches qui l'avaient arrachée aux Russes. Nous sommes le 20 avril 1919, à l'aube. Le ghetto se réveille à peine. Les enfants dorment encore, les hommes font leurs prières, les femmes préparent à manger. Certains alors entendent une clameur lointaine. Le bruit enfle au fil des minutes. On distingue bientôt clairement un bruit de cavalcade. Le sol se met à trembler. Les hommes mûrs connaissent ici cette clameur pour l'avoir entendue quand la cavalerie cosaque entrait dans la ville, mais jamais ils n'ont perçu quelque chose de si fort et de si terrible. On dirait qu'un ouragan va s'abattre sur le ghetto. On se barricade dans les maisons. La rumeur se répand comme une traînée de poudre. L'armée polonaise attaque ! Jamais de mémoire de vieillard ne s'est déchaînée une telle violence. Les soldats font irruption dans les maisons, au cri de « Mort aux Yids ! ». On défenestre les hommes, on viole les femmes. Quatre-vingts victimes sont dénombrées, les blessés se comptent par centaines. Des rivières de sang coulent dans nos rues. Le grand poète Aron Wieter a été assassiné. Dans la ville voisine de Lipuvka, on a forcé les juifs à creuser leur propre tombe. Alors, Sacha, dis-le-moi franchement, tu veux aller habiter avec ces gens-là ?

Roman entraîna son camarade par le bras,

— Maman, on s'en moque, de tes vieilles histoires !

Assis sur le parquet ils firent une partie d'osselets en discutant des choses de l'amour. Sacha demandait à son ami de ne pas écouter les ragots, l'assurait de sa fidélité absolue. La prochaine tentative serait la bonne.

— La seule chose de solide, poursuivit-il, c'est l'amitié. As-tu terminé mes devoirs ?

Roman remit son cahier à son ami. Les exercices de géométrie étaient au début, ensuite venaient ceux d'algèbre. Il n'aurait qu'à recopier. *Gueule d'ange* glissa le cahier dans la poche de son manteau. C'est alors que Nina fit irruption dans la pièce, un sac sous le bras.

— Sacha Goldberg, tu t'y connais en orfèvrerie ? demanda-t-elle sans préambule.

— Oh, non, maman, tu m'avais promis. s'exclama Roman, l'air effrayé, sachant où elle voulait en venir.

— Je n'ai plus le droit de parler à tes amis sous mon propre toit ?

— Tu as fait pareil avec Madek !

— Et est-ce que ton ami Sacha vaut moins que ton ami Madek ? Sous quel prétexte refuserait-on à l'un ce qu'on accorde à l'autre ?

Roman hocha la tête d'un air désespéré.

— Sacha, n'écoute pas ce fils indigne ! Et réponds-moi, t'y connais-tu en pierres précieuses ?

Gueule d'ange fanfaronna qu'il était expert en la matière.

— Et où aurais-tu appris cela ! intervint Roman. Ton père est vendeur de poules au Vieux Marché !

— Alors, dans ton esprit étroit, les bijoux seraient réservés aux riches ! Mon fils, je croyais t'avoir élevé avec des valeurs plus humanistes ! s'exclama Nina, tout en déversant le contenu de son sac sur le parquet. Puis elle reprit, pleine d'enthousiasme :

— *Gueule d'ange*, regarde ce trésor !

C'était tout un fatras de breloques, bracelets, colliers, bagues, montres, boucles d'oreilles en toc dont la totalité ne valait guère plus d'une dizaine de zlotys. Nina fixait Sacha du regard en guettant sa réaction.

— Magnifique ! s'enthousiasma le garçon, des étincelles au fond des yeux.

— *Gueule d'ange*, tu finiras joaillier place Vendôme ! Maintenant, je dois te confier un secret, poursuivit-elle sur le ton de la confidence. Je sais que tu ne répéteras rien. L'honnêteté se lit sur ton visage, en plus du sens de l'amitié. J'ai tort, Roman ?

Il acquiesça, l'air désolé.

— Ce que vous ne savez pas – elle se mit à vouvoyer Sacha sans raison –, Sacha Goldberg, vaillant défenseur des valeurs de Wilno, Honneur de la Nation, héritier des traditions agraires, descendant de la noble guilde des vendeurs de poules que l'on devrait mettre plus souvent à l'honneur, à qui on devrait élever des statues, des poules en marbre grandes comme des veaux d'or, *Gueule d'ange* dont le visage est aussi doux que celui de Salomon, les muscles aussi saillants que ceux de David, qui respire l'intelligence par les deux narines, dont on dira un jour : c'est lui et aucun autre, cher et noble ami de ma méchante progéniture qui ose faire taire sa propre mère sous son toit, c'est que vous n'avez pas devant vous de simples bijoux, aussi splendides pourriez-vous les trouver. Ce que vous ignorez, c'est d'où ils viennent, quelle est la mémorable provenance de ce trésor des Kacew. Tu m'autorises à lui révéler, Roman ?

Il lâcha un oui désemparé.

— Monsieur Goldberg, fils de famille, descendant d'Abraham, d'Isaac et de Samuel Goldberg, vénéré marchand dont les poules pondent des œufs d'or qui possèdent plus de vertus sur le corps humain que le cresson, l'estragon, la menthe et le riz réunis, les bijoux que vous avez sous vos yeux magnifiques devant lesquels les femmes se pâmeront, qui rendront jaloux tous les hommes, ces ornements, ces merveilles n'appartenaient pas à n'importe quelle famille. Ces diamants éternels viennent de la collection personnelle du… Vous avez deviné, ne me décevez pas, Sacha, vous dont le nom vaut beaucoup plus qu'un simple diminutif, vous qui devriez savoir mieux que tous… De la collection du Tsar, bien entendu !

C'est votre timidité naturelle qui vous fait taire les évidences. Ces joyaux de la couronne, Sieur Goldberg, prince des coquelets, je les ai rapportés de Moscou, ville où j'ai triomphé dans tous les théâtres, où l'on prononce *Nina* pour signifier *Diva*. Ce collier de saphirs que je tiens dans ma main a orné le cou d'opaline de la tsarine ! Que dire de cette bague, symbole de pureté et d'amour éternel, ce rubis du Kenya de plus de cinq carats qui guérit du cancer si on le tient bien droit, ce joyau passé dans les mains du grand sultan d'Autriche au temps où Vienne était sous domination ottomane a fini par entourer le majeur du maudit Raspoutine. Moins cher, continua-t-elle, cet insigne sans lustre fut celui de l'Ordre de saint Alexandre Nevski et était épinglé sur le torse du Grand Duc. Que dire de cette montre, *Gueule d'ange*, regarde donc ! Cette montre a donné l'heure au tsar. À son ultime instant, le regard d'Alexandre s'est arrêté sur ses aiguilles et il a murmuré : Voilà l'heure de mourir !

Elle s'interrompit, changea soudain de visage, se tourna vers son fils et, d'un ton calme et posé, dépouillé de toute emphase, demanda :

— Roman, tu me trouves prête ?

Il murmura un oui accablé.

— Et toi, comment me trouves-tu, *Gueule d'ange*, face de rat ?

Sacha Goldberg, désarçonné, ne trouvait rien à répondre, ne comprenait rien au manège.

— Mais enfin, Goldberg, tu es plus demeuré qu'un fils de volailler doit l'être ! Demain, je rencontre au Grand Hôtel de Wilno le dénommé Wocjek Bresinski, un riche négociant en vin – comme s'il y en avait des pauvres... Le concierge de l'hôtel m'a expliqué que ce Bresinski, pas très malin, paraît-il, pourrait être intéressé par ma camelote ! Toi qui dois être moins crédule que ne l'est ce brave Polak tout droit sorti de ses vignes, penses-tu que mon discours pourra le convaincre que mes breloques valent de l'or ?

Sacha répondit par un oui fervent.

— Roman, finalement, derrière son air un peu niais, ton ami est vraiment formidable ! Goldberg, maintenant tu vas rentrer chez toi, mon fils a ses devoirs à finir avant le dîner.

Roman raccompagna son camarade. À la porte, *Gueule d'ange* se pencha à son oreille pour lui confier :

— Elle est formidable, ta mère !

— Formidable... répéta le garçon, affligé.

Il dit au revoir à son ami puis retourna dans sa chambre.

Au bout d'un moment, sa mère frappa trois coups timides à la porte, entra et dit d'une voix gênée :

— Tu m'en veux ?

Il fit non de la tête.

— Si, je vois bien que tu m'en veux.

Il la regarda d'un air triste où tout ressentiment avait disparu.

— Tu sais, reprit-elle, maintenant que l'on a fermé boutique, je n'ai plus grand monde à qui parler. Les gens fuient ceux qui sont ruinés. Alors, tes amis me font une présence. Excuse-moi, je sais que parfois j'exagère. Allez, je te laisse finir tes devoirs avant le dîner.

Elle ressortit de la chambre, l'air éploré.

— Tu n'exagères jamais, maman, s'écria Roman, tandis que la porte se refermait.

Ses mots de consolation se perdirent dans l'air du soir.

Il se demanda s'il n'avait pas été trop rude avec sa mère. Depuis la disparition de Joseph, il redoublait d'égards, mais rien ne parvenait à remplir le vide laissé par celui qui était son demi-frère et qui avait vécu plusieurs mois avec eux au 16 de la rue Grande-Pohulanka avant d'être admis à l'hôpital à Berlin.

Parfois, il observait Nina silencieuse, devant la fenêtre, ses yeux perdus dans le néant. Il s'enquérait de son état, elle répondait :

« *C'est le vague à l'âme, t'occupe !* »

Il savait que c'était Joseph.

Cela faisait bientôt un an que le jeune homme les avait quittés. Il ignorait combien de temps durerait le chagrin de sa mère. Une année, ça n'est rien rapporté à l'éternité.

Chaque semaine, le vendredi soir, avant la nuit tombée, Nina allumait une bougie en sa mémoire. Puis elle demandait à Roman : « *Fais un kaddish pour ton frère.* » Il récitait la prière des morts devant la flamme du souvenir.

Il aurait aimé parfois évoquer sa présence autrement que par une simple prière, mais dès qu'il évoquait un souvenir commun, le seul prénom de Joseph plongeait Nina dans la plus grande détresse. Il avait l'impression d'ajouter une pierre à son chagrin.

Mais il était convaincu que la tristesse dont sa mère souffrait était beaucoup plus qu'un vague à l'âme, venait de beaucoup plus loin, tanguait beaucoup plus fort. Il l'imaginait comme une lame de fond, un ouragan, une tempête. Un grand orage permanent.

Cela n'aurait tenu qu'à lui, il l'aurait conduite chez le médecin. Mais le docteur Grinszpan savait à peine soigner un rhume, comment aurait-il pu mettre un nom sur le mal dont semblait souffrir Nina ?

Quand il était encore de ce monde, Joseph affirmait qu'à Vienne un certain docteur Freud s'occupait de ces cas. Joseph se promettait d'y conduire Nina. Parfois, pour s'amuser, il imaginait pour Roman la rencontre entre Nina Kacew et le docteur Freud. Roman était plié de rire devant la scène que son frère jouait :

« *Madame Kacew, parlez-moi de ce dont vous souffrez.*

— *Je ne souffre absolument pas !*

— *Nul ne pense réellement qu'il souffre.*

— Connaissez-vous mon corps mieux que moi ?

— Parlez-moi de votre enfance.

— Je n'ai pas eu d'enfance.

— Et votre vie sentimentale ?

— Excepté mes fils, je n'ai aucune vie sentimentale... Et si j'en avais une, je ne la confierais certainement pas à un inconnu.

— Vous évoquez vos fils...

— J'en ai deux, de deux maris différents. L'un est à Wilno. L'aîné, Joseph, est en face de vous.

— Lui, de quoi souffre-t-il ?

— Mon fils ne souffre pas !

— Je lui trouve un air un peu mélancolique.

— Mélancolique, mon fils ? Joseph, nous partons !

— Restez, madame Kacew. Nous n'en avons pas fini.

— Moi, j'en ai terminé. Ça n'était pas mon idée de venir, d'ailleurs.

— C'était celle de qui ?

— De Joseph.

— Joseph, êtes-vous d'accord quand votre mère dit que vous n'êtes pas mélancolique ?

— Je suis toujours d'accord avec ma mère.

— Trouvez-vous cela normal ?

— Avec qui voulez-vous que je tombe d'accord ? On voit bien que vous ne vivez pas à Wilno.

— Il y a un grand absent dans cette conversation...

— Vous appelez ça une conversation ?

— Je parle d'un père.

— Les pères n'ont aucune importance.

— Vous y allez un peu vite.

— J'y vais comme je l'entends.

— Joseph, parlez-moi de votre père.

— Je préférerais ne pas.

— Et vous, Nina, de votre mari…

— Excepté dans les faits, il n'est plus mon mari. Et les faits sont trompeurs, autant que lui, d'ailleurs. Bien, tout a été dit. Cette fois, nous partons, Joseph ! »

Le rire de Joseph lui manquait. Il aurait aimé passer plus de temps avec lui, apprendre la vie à ses côtés. Le jeune homme avait séjourné seulement quelques mois au 16 de la Grande-Pohulanka. C'était trop peu pour apprendre dans la bouche d'un aîné les grandes leçons sur l'existence, pour construire un exemple qu'il aurait pu suivre sa vie entière. Roman avait l'impression d'être passé à côté de son frère. Cela le rendait triste.

On lui reprochait parfois de ne pas avoir des préoccupations de son âge. Mais quand on a connu l'exil à six mois, la séparation de ses parents et la mort d'un frère, l'enfance était une terre inconnue, un continent lointain. Si Nina voulait qu'il s'exprime autrement, elle n'avait qu'à lui faire lire des contes pour enfants au lieu de lui glisser dès ses huit ans des romans de Tolstoï, Dostoïevski et Flaubert.

3

Arieh

Vêtu de son manteau au col doublé d'une mince étoffe de fourrure, un chapeau enfoncé sur sa tête, il marche dans la rue Grande-Pohulanka. Il tient au fond de sa poche la petite liasse de billets qu'il est venu déposer comme tous les mois chez celle qui est encore sa femme au regard de l'état civil. Mais aujourd'hui, ces coupures ne constituent pas l'essentiel de sa présence, et il a bien conscience que quelle que soit la fortune qu'il pourrait déposer au numéro 16 de la rue lors de ses prochaines visites, jamais il ne s'acquittera de la dette dont il va se couvrir ce soir en prononçant les aveux qu'il a prévu de faire.

Quittant le domicile de celle qui est encore, aux yeux de la loi, sa maîtresse illégitime, mais dont il espère faire sa femme aussitôt que possible, il a entendu ses mots :

« *Tu n'as accompli aucun crime, Arieh. Tu n'as fait que donner la vie.* »

Peut-être conviendrait-il de se pardonner à soi-même, ne plus écouter sa conscience encombrée de scrupules, cesser de ressasser la faute imaginaire attachée à ses pas, étouffer les peines éternelles de son âme fautive.

Il va être père pour la seconde fois. On avait célébré la naissance de son premier enfant, dix ans et demi auparavant, dans l'allégresse la plus totale, on avait dansé jusqu'à l'aube au 6 de la Soubotch Gas, chanté la gloire de l'Éternel qui avait enfin accédé à nos prières et nous accordait un fils. Tout le quartier était en liesse, tout Wilno venu les féliciter. Ce fils était un don du ciel, le premier d'une longue lignée ! La guerre était rapidement venue mettre fin à l'état de grâce. Arieh avait été incorporé dans le régiment d'Orienbourg. Un trimestre après l'éclosion magique de la vie, la beauté rayonnante des premiers matins, les effluves savoureux et les rires en cascade, il avait été confronté aux mille visages de la mort, le jour empli d'effroi, les hommes envoyés au feu comme une poignée de sable qu'on jette. Dans la puanteur des charniers, au milieu des cadavres, il gardait encore à l'esprit l'odeur du savon de bébé dont Nina mouillait la peau de l'enfant qui venait de naître.

À l'instant de partir pour le front, tandis qu'il murmurait un dernier adieu, Nina lui avait fait promettre de ne pas mourir au combat.

— Un fils a besoin de son père. Un fils ne peut être orphelin à trois mois ! Regarde bien Roman, emporte le souvenir de son visage, veille à ce souvenir plus encore qu'à ton fusil et, face à la baïonnette allemande, bats-toi avec ce souvenir en tête. Tu promets ?

Le premier régiment d'Orienbourg, constitué pour moitié de juifs de Wilno et de ses environs, mal préparés, mal équipés, peu entraînés au combat, troupe de va-nu-pieds, armée de chapeliers, de cordonniers, de tailleurs, de fourreurs, de vendeurs de pickels et d'objets du culte, baïonnettes au canon, la peur au ventre, avait connu des pertes effroyables dès les premiers combats, mais Arieh Kacew avait survécu, avait tenu promesse.

Lorsque la guerre fut terminée, qu'Arieh put retourner à la vie civile, Roman, qui n'avait vu son père que durant ses tout premiers mois, ne l'avait évidemment pas reconnu. *« Cours l'embrasser ! »* lui avait demandé Nina. L'enfant était resté dans son dos, avec un air d'hostilité apeurée et quelque chose dans son regard qui pouvait signifier : quel est cet homme venu me voler l'affection de ma mère, un intrus, un étranger, une menace ? L'enfant ne l'avait pas approché durant des semaines, et il mit des mois à se laisser apprivoiser, six pour appeler l'homme papa, trois autres pour lui donner son premier baiser.

Maintenant, Arieh repartait pour une autre vie, cette fois au bras d'une autre femme. « Roman connaîtra-t-il jamais vraiment son père ? se reprochait-il en poursuivant son chemin. Je suis un salaud de la pire espèce », conclut-il, en franchissant la porte cochère du numéro 16, oubliant qu'il avait connu l'enfer des années durant auprès de Nina, passant par pertes et profits ce temps qui l'avait plus abîmé que les années de guerre, l'avait rendu plus fou que les balles sifflant au-dessus de sa tête. C'étaient des montagnes russes sur lesquelles il avait roulé, je te hais et je t'aime à la fois, je te hais parce que je t'aime, je t'aime parce que je te hais.

Mais jusqu'à aujourd'hui, il n'aurait su dire quels étaient les véritables sentiments de Nina à son égard. Ses manifestations de tendresse prenaient la forme de tels débordements d'affection qu'avec le recul des mois et des années il ignorait s'il fallait les mettre sur le compte d'un amour fou ou si elles étaient le simple témoin des excès d'un tempérament. Ses crises de jalousie avaient débuté si peu de temps après le mariage qu'elles semblaient avoir été étouffées les mois précédents comme une tare honteuse que l'on préfère cacher de peur qu'elle ne nuise à la réputation. À peine avait-il les yeux dans le vague qu'elle imaginait dans son regard quelque pensée coupable. Sûr qu'il songeait à une autre, il avait cette Dora en tête, cette Russe dont il était tombé amoureux plus jeune, ô comme elle détestait Dora !

Dire que des tas d'hommes étaient à ses pieds et qu'elle l'avait choisi lui, le petit fourreur de la Deutsche Gas ! Sender Mandelbaum se serait damné pour la conduire en Palestine, le professeur Altmann voulait lui payer des cours de théâtre à Varsovie. Elle avait dit non à tout, aux collines de Galilée, à la carrière sur les planches, tout ça pour les yeux d'un homme qui pensait à une autre, maudites soient les femmes russes, pourquoi la torturait-il avec Dora, qu'il aille donc avec Dora Fleischmann et la laisse retrouver Pavel Altmann. Elle en avait sa claque des peaux de vison et des peaux de lapin !

Mais, d'autres soirs, elle faisait assaut de douceurs en lui demandant de faire l'inventaire de ses conquêtes passées. Il finissait toujours par céder devant les trésors de charmes qu'elle déployait. Et, tandis qu'il énumérait la liste de ses amours, loin de laisser exploser sa colère, Nina affichait un contentement ravi, elle semblait fière de son mari, heureuse qu'il fût le conquérant de ces dames. Ce cœur amoureux, c'est elle qui en avait gagné l'estime, c'est elle qui détenait les clés de son âme. C'était la princesse de Wilno.

Et parfois, elle lui demandait : Parle-moi encore d'Ida Burkish, comment étaient les seins de Sarah Ackermann ? Il racontait les hanches d'Ida, les seins de Sarah Ackermann. Dis-moi comment était sa bouche ? Il décrivait du mieux possible, n'avait pas les mots pour cela, n'ayant jamais ouvert d'autres livres que les manuels à l'usage des fourreurs édités par la Guilde des Artisans et les ouvrages de prières dont la bibliothèque de son père était remplie. Nina se penchait sur son visage avec ivresse et gourmandise, elle l'abreuvait de baisers, lui faisait respirer le parfum de son cou, de ses seins, de son ventre. Et, dans l'air plein de frissons, Arieh avait l'impression qu'Ida et Sarah occupaient les pensées de Nina, qu'elles participaient aux ébats, qu'on s'étreignait sous leurs regards.

Au matin suivant, elle pouvait l'ignorer, se montrer d'une froideur de marbre. Ou, au contraire, elle annonçait, l'air souriant et radieux, que le petit déjeuner était servi. « *Si le comte Arieh de Kacew veut bien se lever...* » Il entendait le samovar émettre son doux sifflement, l'odeur des gâteaux au fromage montait à ses narines. Elle faisait tinter les bracelets de cuivre à ses poignets. « *Le comte Kacew désire-t-il autre chose ?* » Défaisant les boutons de son chemisier tout en se penchant vers lui, elle dévoilait un sein et, tandis qu'il s'apprêtait à répondre à ses avances, elle se relevait subitement en s'écriant d'un air espiègle : « *Mais tu n'as pas le temps, chenapan ! Pense aux dames qui attendent leur vison !* » Elle repartait dans la cuisine, ôtait le samovar du feu, faisait infuser le thé. Il demeurait dans son lit parce qu'il savait qu'au moindre mouvement il l'entendrait lui commander de rester où il était, le comte devait attendre sa servante, méritait un réveil de roi. Elle revenait un plateau entre les mains et, tandis qu'il goûtait un gâteau aux noix, elle ouvrait les pages du *Unzer Tog*. « *Amour, je vais te lire les nouvelles.* » Découvrant ce qu'elle allait annoncer, elle disait : « *Non, ça c'est trop terrible !... Et ça, trop triste !* » Elle tournait une page et s'écriait : « *Tant pis, le Comte doit savoir ce qui se passe sur ses terres !* » Elle poursuivait sa lecture à voix haute : « *Rue Iatkovah, hier matin à l'aube, les vitrines des échoppes ont été brisées par trois Cosaques mécontents de trouver porte close. Isaac Kaplan, le tailleur du numéro 24, qui s'était interposé, est en prison pour trouble à l'ordre public... Arieh ! Je t'interdis de t'interposer devant les Cosaques ! S'ils veulent voler les peaux de tout l'atelier, donne-leur les clés... Mais, se reprenait-elle, s'ils approchent de ta femme pour la toucher, comme ils ont violenté ma cousine, alors fais obstacle de ton corps !* » Elle s'interrompait puis demandait : « *Dis, tu mourras pour moi ?* » Il répondait oui. « *Tu te laisserais embrocher par leur sabre ?* » Il répétait oui. « *Assassiner, découper en morceaux, tes restes jetés aux flammes ?* » Trois fois oui. Elle se relevait et lançait : « *Quoi de plus normal, après tout !* » Elle feuilletait le journal, s'arrêtait un peu plus loin, reprenait : « *La troupe du Yiddishe Folks Teater joue une pièce d'Arthur Schnitzler. Dis, tu m'amèneras ? Ah, écoute ça ! La chance de ma vie ! Mordechai Mazo envisage de créer une nouvelle troupe de théâtre, Di Vilner Trupe. Il s'apprête à recruter des acteurs...* » Elle se redressait. « *Je vais enfin remonter sur les planches !* » Elle s'écriait : « *À moi, Shakespeare ! Tchekhov, ouvre grand tes oreilles, la nouvelle Sarah Bernhardt est de Wilno !.... Arieh, crois-tu en mon avenir d'actrice ?* » Et soudain, d'un air plus sombre : « *Oh, bien sûr, toi tu ne crois en rien, en rien d'autre qu'en l'Éternel, qu'en ton Dieu vengeur et jaloux. Tu n'as jamais cru en moi...* »

Elle exigeait une vie d'agitation et de mouvements d'où monteraient des saveurs sans pareilles, venues de pays qui existaient seulement dans son imagination, une vie où chaque dune de désert surplomberait des lacs d'oasis, où les soirs d'hiver auraient la douceur des crépuscules d'été.

Elle continuait tandis qu'il s'apprêtait à partir travailler.

« *Un jour, après que cinq garçons et trois filles seront nés de mon ventre, tu dirigeras la plus grande manufacture de fourrure de toute la Russie. Nous vivrons dans le palais d'un grand domaine. Toute la cour du tsar portera tes manteaux, tes pelisses habilleront l'armée russe !*

George V t'enverra un émissaire pour te supplier de lui confectionner un vison blanc qu'il aura vu sur les épaules du Kaiser Guillaume II. Et le tsar lui-même, constatant la perfection de ton travail, aura une révélation. Il confessera ses fautes, interdira les pogroms, mettra l'antisémitisme hors la loi, dissoudra l'armée des Cosaques, fera brûler tous les exemplaires des Protocoles des Sages de Sion, *autorisera les juifs à habiter où bon leur semble, et pour finir il deviendra le Grand Protecteur des juifs.* »

Il endossait sa veste en disant :

« *Je veux bien que le tsar devienne notre grand protecteur, ma Nina, mais avant, j'ai rendez-vous avec Lev Perutz, mon comptable.*

— Je te parle de sauver le peuple juif et tu me réponds : "Lev Perutz, le comptable" ! Arieh Kacew, tu me désoles !... Au moins, profite de ce Perutz pour embaucher et t'agrandir. Pourquoi n'exportes-tu pas en France ? Les Français ne sont pas comme nous, leurs maris se damneraient pour parer leurs épouses des plus belles fourrures. »

Elle partait dans la déclamation d'un poème de Baudelaire[1] :

« *Je ferai pour ta tête une énorme couronne ;*
Et dans la jalousie, ô mortelle Madone,
Je saurai te tailler un Manteau, de façon
Barbare, roide et lourd, et doublé de soupçon ;

1. « À une Madone ».

Qui, comme une guérite, enfermera tes charmes. »

Puis poursuivait d'un ton plus sec :

« Ça n'est pas ton Lev Perutz de comptable qui aurait écrit ça ! Allez, amène-moi à Paris ! Ou, à défaut de Paris, offre-moi une datcha loin de la ville, sur la Vilnia. Comment veux-tu que je crée de nouveaux modèles de chapeaux au milieu de cette ruche ? Comment veux-tu que l'ambassadeur d'une grande marque remarque mes créations ! Oh, je sais bien, tu vas encore penser que j'ai trop d'ambitions, que Nina Owczinska est folle ! Ton père le pense si fort que cela va finir par déteindre sur toi. Qu'est-ce que j'y peux si les Kacew ont si peu d'ambitions ! — J'ai l'ambition d'être heureux et de rendre les miens heureux. — Ambition de petit-bourgeois... — Je donne le meilleur de moi-même. — Et si cela n'est pas assez ? — On ne peut donner que ce que l'on a. — Alors donne-moi un enfant ! »

Il traverse lentement la cour au milieu du fatras de briques et de planches de bois qui jonchent le sol. Il a retardé cet instant autant qu'il a pu. Parfois, alors qu'il s'était résolu à faire ses révélations, avait le long des rues choisi ses mots, récité son texte, il renonçait au moment de monter les escaliers ou il se défilait à l'instant d'entrouvrir les lèvres, ou, ayant déjà prononcé les premières phrases de ce qu'il s'était promis de dire, quelque chose lui interdisait de poursuivre.

Aujourd'hui, quiconque le croiserait en compagnie de celle qui désormais partage sa vie pourrait constater qu'il est devenu père. C'est ce soir ou jamais.

Pour éviter de se désister à nouveau tout autant que pour se faciliter la tâche, il a écrit une longue lettre qu'il a passé la nuit à rédiger et qu'il lira à son fils.

Il l'a écrite comme en proie à une fièvre, envoûté par les sortilèges du remords, pesant chaque terme, choisissant chaque phrase, recommençant sans cesse, jetant ses brouillons à la poubelle, froissant une page à peine commencée, en déchirant une autre apparemment terminée parce qu'à la relecture elle n'exprimait pas exactement ce qu'il ressentait, trahissait son chagrin ou atténuait sa faute.

Montant les escaliers, il a comme l'impression d'aller à l'échafaud. Il est le juge qui prononce la peine. Il ressent l'amer regret du coupable.

Sur le palier, il vérifie d'un geste si la lettre est toujours dans sa poche, prend une ample respiration, frappe trois coups.

Nina lui ouvre, lui adresse un sourire figé, le prie d'entrer d'une voix moins glaciale qu'il ne le redoutait, le devance dans le couloir. Il embrasse du regard les murs vides de la salle à manger, est pris d'un haut-le-cœur devant ce grand désastre, laisse échapper un soupir d'abattement.

— C'est vrai, tu n'étais pas revenu depuis que les huissiers sont passés, dit-elle d'un ton posé, dénué de tout ressentiment, comme pour s'excuser de la situation.

Leurs regards se croisent en silence. Elle lui demande son manteau, lui propose de s'asseoir. Il refuse poliment.

— On m'attend, se justifie-t-il, une boule dans la gorge.

— Avant, personne ne t'attendait, répond-elle d'une voix pensive, amère.

— On dit que les temps changent.

— Les temps ne changent pas ! corrige-t-elle, soudain acerbe, comme si elle s'était retenue jusqu'alors d'exprimer ses ressentiments. Un homme quitte toujours sa femme pour une fille de vingt ans de moins !

Cent fois déjà il a entendu ce reproche. Il ne veut plus déballer en ce lieu les remords qui assiègent sa conscience. Il sort de sa poche la liasse de billets emballée dans une feuille de papier journal. Elle lui demande de poser le paquet sur le buffet avec un air dédaigneux, comme si c'était de l'argent sale.

— Le compte y est, précise-t-il.

— Je n'en doute pas. Tu es un honnête homme..., un honnête homme qui s'est laissé corrompre par une jeune sorcière.

Il ne réagit pas, refuse d'entrer dans un débat qui le viderait de son énergie, l'empêcherait d'annoncer ce qu'il a à dire, repousserait l'échéance. D'une phrase soigneusement mûrie, il explique qu'à compter du mois prochain il devra réduire la somme de moitié.

— Ta nouvelle vie t'impose de nouveaux impératifs, lâche Nina d'un ton neutre qui semble contenir la rage qui monte en elle.

— Et cela va encore changer, ajoute-t-il d'une voix incertaine. D'autres charges vont s'abattre sur moi...

Elle demeure silencieuse, mais il devine, à la mine grave et tordue de souffrance tombant sur son visage, qu'elle a compris.

— Une nouvelle bouche à nourrir viendra bientôt, reprend-il, comme s'il était nécessaire d'enfoncer le clou.

— L'argent ne tombe pas du ciel, déclare-t-elle, les lèvres pincées.

Son calme le surprend. Il est étonné que nul esclandre n'ait succédé à son annonce. Les assiettes ne volent pas, aucun verre ne lui est envoyé à la figure. Il la regarde en silence, ému, médusé et ravi qu'elle puisse montrer tant de tact et de compréhension.

— Je suis heureux que tu prennes la chose si posément, répond-il, le cœur serré. Cela prouve que nous avons enfin des rapports adultes.

Après un silence, sa colère éclate :

— Avoir une jeune femme dans ton lit ne te suffisait pas ! Roman ne te suffisait pas ! Il te fallait être père à nouveau ! Il fallait que tu te reproduises !

Il la regarde d'un air désolé. Et comme il s'est mieux préparé à la crise de larmes et aux insultes qu'à la tristesse nue du désespoir, il déclare d'une voix déterminée :

— J'aimerais annoncer la nouvelle à mon fils !

— Sûr qu'il va sauter de joie ! poursuit-elle sur le même ton d'indignation. Mais peut-être te moques-tu de faire souffrir ton garçon, peut-être que le sort de ton grand fils t'est indifférent maintenant que tu vas en avoir un petit ?

— Je veux voir Roman ! déclare-t-il froidement pour clore la discussion.

Elle marche jusqu'à la chambre, lui ouvre grand la porte.

— Fais ta sale besogne, lâche-t-elle, va donc faire mourir ton fils de chagrin !

Un profond dégoût se lit sur son visage.

4

Roman

Assis à la table de son petit secrétaire – un meuble épargné lors de l'intervention des huissiers parce que sa mère a fait obstacle de son corps lorsque les hommes se sont apprêtés à le saisir –, le garçon termine le devoir de géographie qu'il a commencé après le départ de Sacha Goldberg. Il tourne la tête, voit dans l'encadrement de la porte la figure de son père. Ce dernier s'engouffre dans la chambre, comme s'il voulait échapper à la foudre, et referme soigneusement la porte derrière lui. Le garçon se lève, va l'embrasser. Cela fait des lustres qu'il ne l'a pas vu.

L'homme reste silencieux. Il semble attendre un signal de la part de son fils pour s'exprimer. Roman le trouve changé, l'air plus doux, la mine plus affable que d'ordinaire, lui dont le visage offre toujours l'expression sombre et soucieuse de ceux qui portent le poids de la souffrance comme un ami qu'on traîne avec soi.

Au soupçon de noirceur fronçant son regard s'est substitué un je-ne-sais-quoi de chaleureux, de tendre, d'aimable. L'enfant se réjouit intérieurement de cette métamorphose, y voit l'annonce d'un retour, l'arrivée des jours meilleurs qu'il appelle de ses vœux et qui viendrait rompre la froide monotonie tombée à l'instant où son père a abandonné le domicile familial pour la couche d'une autre femme.

Malgré l'insistance de sa mère, le garçon n'est jamais parvenu à détester son père. Et, tandis qu'il s'évertuait à rendre l'existence de Nina plus heureuse et légère, il s'est toujours refusé à formuler devant elle les critiques et les mots injurieux qu'elle attend et qui l'auraient comblée. Parfois, Nina s'approchait de Roman, le regardait d'un air étrange et demandait : « *Mon amour, mon chéri, ma vie, ma clarté, mon destin, dis-moi que tu m'aimes.* » Le garçon obéissait, il était son destin, sa clarté, sa vie, il l'aimait. « *Dis-moi, poursuivait-elle, que je suis la femme de ta vie.* » L'enfant hésitait. Il avait observé la vie des hommes autour de lui et en avait tiré l'amer constat que les femmes prenaient toujours la place de leur mère. Par quelle terrible malédiction un tel drame était-il possible ? Les êtres et les sentiments étaient-ils interchangeables, une passion chassant l'autre ? Il rêvait pour sa mère d'un amour éternel, traversant les époques, les frontières et l'espace, une passion infinie, absolue, parfaite. Et, Nina lui ayant toujours assuré qu'il était un enfant différent, il nourrissait l'espoir de devenir l'exception à la règle, jamais une autre femme ne viendrait prendre dans son cœur la place de sa mère. Croisant les doigts, il répondait : « *Oui, Nina, tu es la femme de ma vie !* » Le visage de sa mère s'illuminait. Et, comme ragaillardie par ces propos, elle renchérissait : « *Mon chéri, ma vie, lumière éternelle de mes jours sur terre, cristal de mes nuits, puisque tu m'aimes absolument, dis-moi que tu hais ton père.* » La requête plongeait l'enfant dans un profond désarroi. Haïr n'était pas dans sa nature. En dépit des recommandations maternelles, il ne parvenait pas à juger Arieh Kacew coupable des crimes dont on l'accusait, tous les chagrins du monde, tous les malheurs sur terre.

Son père demeure une intrigue. Le garçon n'arrive pas à le voir comme celui que Nina lui décrit, un être ignoble, un lâche dont les valeurs morales ont été corrompues par la concupiscence et la luxure. Roman reste persuadé qu'un jour, ayant soudain mesuré la gravité des faits qui lui sont reprochés, l'homme se reprendra, réintégrera le domicile familial pour retrouver la place qui est la sienne. Le fils a foi en son père. Il nourrit l'espoir de revivre à ses côtés les splendeurs du temps d'avant.

Quand Arieh Kacew débarquait à la maison – événement dont la fréquence s'amenuisait au fil des mois –, l'enfant était toujours persuadé que c'était pour y poser ses valises et qu'une malle remplie d'affaires personnelles attendait déjà sur le pas de la porte. Tandis qu'Arieh s'entretenait avec sa mère, il courait se glisser jusqu'à l'entrée pour vérifier si la malle s'y trouvait. Il revenait toujours plus accablé qu'un garçon ayant perdu son père, mais dès le lendemain, sa tristesse envolée, il songeait que c'était partie remise, se mettait de nouveau à attendre avec la ferveur des croyants espérant la venue du Messie.

Quand son père était là, il s'évertuait à ne pas le contrarier, ne pas le contredire, lui montrer une totale obéissance. Il était convaincu que, devant le plus docile des garçons, l'amour paternel serait consolidé et prendrait le pas sur la passion charnelle, qui, comme il l'avait entendu d'innombrables fois de la bouche de sa mère, avait fait perdre la tête à son père.

Leur dernière rencontre marquante remontait à de nombreuses semaines, au jour du Yom Kippour, dans la synagogue de la rue Zawalna dont Arieh était l'administrateur, où il avait coutume d'aller prier et à laquelle Roman préférait le temple du Shulhoyf, rue Zydowska, avec ses quatre colonnes, son imposante menorah, sa grande arche et sa coupole fastueuse qui le remplissait de fierté parce qu'elle n'avait rien à envier à celle des édifices religieux des Gentils.

Ce jour de Kippour était le plus redoutable des jours, puisqu'en ces heures de prière et de recueillement devait s'y décider le sort de chaque fidèle de la noble assemblée – qui verrait son nom inscrit dans le *Livre de la Vie*, qui ne le verrait pas, qui serait présent l'année suivante en ce lieu, qui aurait rejoint l'au-delà. C'était un jour de jeûne, ce jour le terrifiait. Il avait retenu que chacun de ses actes serait jugé en ce jour, il tentait de passer en revue le Bien et le Mal qu'il avait accomplis l'année durant, là où s'inclinerait la balance irait pencher son sort. Il savait que s'il goûtait la moindre goutte d'eau le jeûne serait cassé, le lien avec le Créateur défait, sa vie remise en jeu. Il avait peur, et avec la même application que lorsque son père lui rendait visite, il tentait pour Kippour de se montrer devant Dieu sous son meilleur profil.

Dans l'après-midi, Roman avait rejoint à la synagogue son père qui y priait depuis l'aube. Il s'était faufilé entre les fidèles enveloppés dans leur immense châle blanc, balançant sur eux-mêmes, leurs lèvres entrouvertes murmurant des prières. Parvenu au milieu de la salle, il avait aperçu son père quelques pas à la droite du rabbin, à l'endroit où d'ordinaire priaient ceux portant le nom de Cohen. Le lieu était sacré. L'emplacement qui, dans le temple, était réservé aux familles de ce nom était le plus louable, le plus glorieux, le plus envié de l'enceinte de toutes les synagogues de par le monde. Les Cohen étaient de la lignée d'Aaron, le frère de Moïse. Leur glorieuse tribu descendait des Grands Prêtres du Temple de Jérusalem. Leur sang était illustre, de l'unique noblesse juive. Leur valeur célébrée, leur mérite glorifié, leur don légendaire. Ils étaient les plus saints des juifs, élus du peuple élu, premiers des Justes. Les plus grands, les plus honorables serviteurs de Dieu. On les disait porteurs d'une sorte de flamme, transmise de père en fils, perpétuée au fil des siècles et des générations. La sainteté de leur nom était telle qu'on leur interdisait d'entrer dans les cimetières parce que la proximité de cadavres en décomposition salirait leurs vertus. Leur présence au sein d'une assemblée dispensait un halo de béatitude et de bienfaisance. Durant Yom Kippour, ils tenaient entre leurs mains aux doigts curieusement écartés, comme l'exigeait la Tradition, le futur de chacun des fidèles pour la providence desquels ils priaient. En ce Jour des Jours, durant le *Birkat Cohanim*, la prière des Cohen, nul n'avait le droit de poser les yeux sur eux. Un simple regard pouvait vous faire encourir la punition divine, vous rendre aveugle sur-le-champ, pour avoir terni cette relation sacrée que les Cohen avaient tissée avec l'Éternel au bas du mont Sinaï et sur laquelle continuait de reposer aujourd'hui le sort de toute une assemblée, le destin de tout un peuple.

Surpris de trouver son père au milieu d'eux, l'enfant lui avait demandé, à voix basse, un peu gêné, ce qu'il faisait là, s'il n'avait pas pris la place d'un autre. Roman avait entendu son père répondre : « *Mais je suis un Cohen, Roman, tu le sais bien !* » L'enfant n'en savait rien, ou il avait oublié, on avait dû le lui dire mais il était alors trop jeune pour comprendre, ou bien il s'en fichait à l'époque de s'appeler Cohen, Lévy ou Kacew. Et voyant avec quelle fierté son père prononçait ces mots, le garçon avait mesuré l'importance de cette nouvelle. Lui qui considérait jusque-là les rites du judaïsme sous le prisme déformant du regard de sa mère, une femme qui s'enorgueillissait de ne croire en rien, avait été comme envoûté par les paroles de son père.

« *Et moi, papa, avait-il demandé, je suis aussi un Cohen ? — Bien entendu, Roman ! — Mais Kacew, ça n'est pas Cohen, n'est-ce pas ? — Kacew n'est pas notre vrai nom, mon fils. — Je ne m'appelle pas Roman Kacew ? — Pour l'état civil, oui, mais Kacew n'est pas le nom de tes ancêtres. Kacew n'est que la traduction polonaise de Katz. — Et Katz, cela vient d'où, papa ? — Katz veut dire "chat" en allemand. — Alors je m'appelle Roman Katz, je suis Roman le Chat ? — Non, Roman, "notre"*

Katz en vérité ne vient pas de chat, Katz est ce qu'on appelle un acronyme. — Un acroquoi ? — Un acronyme. Un nom regroupant des initiales, un peu comme Jéhovah, le nom de l'Éternel. Katz est l'acronyme de l'hébreu "Kohen Tsadik". — Cohen le Juste ? — Oui, c'est cela, en vérité tu es Roman Cohen, et il pèse sur tes épaules une immense responsabilité. — Je n'ai rien remarqué. — Cela viendra avec l'âge, mon fils. Sois patient. Tu es un descendant d'Aaron, tu es de la lignée des Grands Prêtres du Temple. Tu as des droits et surtout tu as des devoirs que n'ont pas les autres. — Je n'aime pas les devoirs, papa... — Tu apprendras à les aimer. Les devoirs s'imposent à certains. Personne ne choisit d'être un Cohen. Personne ne décide d'être un Juste, d'avoir une voix qui doit porter. Mais lorsqu'on est désigné par le sort, tribu parmi un peuple, on ne peut se démettre, on ne peut refuser de faire entendre sa voix. Nous sommes contraints d'assumer même les choix qu'on n'a pas faits, petit. — Je n'ai jamais fait de choix, papa, c'est maman qui choisit pour moi. — Ton heure viendra, mon garçon. — Maman sait que je suis un Cohen, papa ? — Évidemment, Roman. Mais maman s'est toujours moquée de nos rites. Et ta mère n'a pas vraiment le sens des responsabilités. — Je pourrais lui apprendre... — Tu peux toujours essayer, Roman. — J'essaierai papa, et j'y arriverai ! Maintenant que je suis un Cohen, je me sens des forces que je ne ressentais pas auparavant. — C'est bien, Roman ! C'est le sens du devoir qui rentre et le sens du devoir, c'est ce qui construit un homme. »

Puis son père avait prévenu qu'il était temps d'aller prier, bientôt l'office de Minha allait commencer. Dans moins de deux heures, on sonnerait le *chofar*. Et le cœur de l'enfant s'était mis à battre, car la mélodie venue du fond des âges et s'échappant de la corne de bélier à l'instant où le rabbin y soufflait était la musique la plus vibrante qu'il ait jamais entendue.

L'enfant était ressorti bouleversé par cette révélation. Il appartenait à une tribu de Justes dont la valeur forçait le respect d'un peuple et dont les supplications pouvaient influer sur le destin de chacun ! Convaincu du pouvoir surnaturel de ses prières, il en était venu, chaque soir, dans le silence de sa chambre, à s'adresser à l'Éternel : « *Mon Dieu, Dieu d'Abraham, d'Isaac, de Jacob et d'Aaron, faites que mon père Arieh Kacew Cohen revienne parmi les siens, que ma mère retrouve le sourire, que mon destin rejoigne celui de tous les fils, que nos tourments s'apaisent et que la vie redevienne douce. Amen.* » Réveillé aux aurores, le lendemain matin, il se précipitait sur le perron de l'appartement, certain que, par la magie des mots, la malle de son père s'y trouvait déjà. C'était toujours en vain.

Maintenant, le fils observe son père dans le grand silence du soir. Un instant, il a cru déceler sur son visage l'esquisse d'un sourire. Il y trouve la preuve que l'heure du retour a sonné. La malle est dans le couloir. Son père a enfin compris. C'est le jour du Pardon. Merci, mon père, ton nom est grand, ta gloire immense, tu nous défends, tu nous soutiens, tu me délivres du malheur, tu as pitié de ma détresse, tu es grâce et miséricorde, toutes mes pensées t'appartiennent, tous mes secrets te sont connus, tu as entendu mes plaintes, rendu la sagesse à mon cœur, guéri ma peine et ma douleur. Voilà le jour du Grand Pardon.

— Comment vas-tu, Roman ? murmure l'homme d'une voix douce, en posant la main sur l'épaule de son fils. Tu travailles toujours aussi bien à l'école ? Je te l'ai répété cent fois, l'essentiel de la vie d'un homme doit résider dans l'étude et dans le respect de la Loi. Le reste importe peu, réussite, argent, gloire. Seul vaut de respecter les Commandements. Honorer son père et sa mère, ne pas mentir, ne pas voler…

— Ne pas commettre d'adultère ? interrompt l'enfant.

L'homme lâche, avec un brin d'hésitation, d'une voix un peu gênée :

— Oui, bien entendu, le sixième Commandement est aussi important que les autres. Un grand amour fidèle est la vocation innée de tout être humain.

— Tu as entendu ? souffle l'enfant d'un air surpris. Derrière la porte... quelqu'un tousser ?

— Il n'y a que ta mère dans l'appartement, Roman... La crois-tu capable d'écouter aux portes ? Elle n'oserait pas faire ça.

Le père et le fils partent dans un grand éclat de rire en un instant de communion comme Roman n'en a pas vécu depuis longtemps.

Le garçon laisse passer un silence, puis, le cœur battant, plein d'émotion, il déclare qu'il a une grande nouvelle à annoncer.

— Et quand tu m'auras dit ton secret, moi aussi j'ai quelque chose d'important à te dire, intervient Arieh en confortant le garçon dans l'idée que le grand jour est arrivé.

Le garçon prend son courage à deux mains, puis déclare :

— Papa, tu te souviens que tu m'as demandé il y a quelque temps ce que je voulais faire plus tard ?

L'homme s'en souvient parfaitement, il garde en mémoire toutes les conversations qu'il a avec son fils, car ce sont de précieux moments dans son existence.

— Je t'avais annoncé, reprend l'enfant revigoré par le compliment de son père, que je voulais être avocat, défendre les pauvres et les opprimés comme Maître Fedelman, qui était venu un jour à la maison et m'avait convaincu que c'était le plus beau des métiers, même si maman préférerait que je devienne artiste ou ministre de la République française.

— Tu as changé d'avis ? demande le père, un grand sourire aux lèvres. Que veux-tu devenir ?

— Devine ! répond l'enfant sur un ton enjoué.

— Oh, tu sais bien que je ne sais pas deviner. Je n'ai aucune imagination. Ta mère me l'a suffisamment reproché. Mais, fait-il après une hésitation, ça n'est pas le métier de soldat, n'est-ce pas ? Sinon, tu vas tuer ta mère avant d'avoir pu tirer une balle…

— Je ne veux pas devenir soldat, papa…

— Le métier que tu as choisi est un beau métier ?

— Le plus beau.

— On travaille avec son intelligence ?

— Avec sa tête et avec ses mains. C'est le plus complet des métiers.

— Médecin ?

— Pas médecin.

Le père sourit à son fils, comme s'il avait enfin compris.

— On exerce ce métier dans la famille ?

— Depuis des générations.

— Il me semble que j'ai une petite idée… dit l'homme en ménageant un bref suspens avant de finir par déclarer : Tu veux être fourreur comme ton père ?

— Oui, c'est cela, je veux être comme mon père !

L'homme prend un autre temps de réflexion.

— Fourreur n'est pas un métier facile, Roman. C'est autre chose que d'être artiste ou même ministre. On ne court pas après la gloire comme les avocats. On n'obtient pas la reconnaissance comme les médecins.

— Je me moque d'être reconnu par un autre que toi, papa !

— Tu travailleras dans des conditions rudes, tu n'auras pas d'horaires. Tu te souviens de la dureté du travail des ouvriers quand tu viens me voir à l'atelier ? Il faudra aussi convaincre ta mère que je ne t'ai pas poussé dans cette direction, que tu as choisi seul la même voie que ton père. Elle sera très déçue.

— Elle est toujours un peu déçue...

— Elle nourrit d'autres rêves.

— Dans mes rêves, je marche à côté de mon père.

— Elle cherchera à te faire revenir sur ta décision. Mais si tu parviens à la convaincre, à surmonter son opposition, alors le métier de fourreur te semblera facile, ajoute-t-il, jovial.

Il retrouve son sérieux pour expliquer d'une voix solennelle :

— J'ai eu à ton âge la même conversation avec mon propre père. Et dès que je lui ai signifié mon ambition de rentrer également dans la guilde des artisans fourreurs, il m'a fait arrêter l'école et m'a enseigné les innombrables règles de notre métier.

— Je peux arrêter l'école si tu le souhaites ! s'enflamme l'enfant.

— Les temps ont changé, tu n'y seras pas obligé. Mais chaque après-midi, à l'heure de la sortie, il faudra que tu viennes à l'atelier apprendre le métier. Et si tu démontres de vraies qualités de fourreur, ce dont je ne doute pas, alors sur l'enseigne du 31 de la rue Nimiecka j'accrocherai ton nom au mien et à celui de ton grand-père. Et ce sera Fourrures Kacew, Père, Fils et Petit-fils. C'est cela que tu souhaites, voir ton nom à côté du mien ?

— Oui, c'est uniquement cela !

— Je suis fier de toi, Roman.

Et c'était la première fois depuis longtemps que l'enfant entendait ces mots dans la bouche de son père.

— Fourreur est le plus beau métier du monde, reprend le père sur le même ton de gravité. Nous réchauffons ceux qui ont froid, nous sublimons la beauté de celles qui portent nos créations. Nos pelisses et nos visons apportent le réconfort sur la peau, le bonheur dans les cœurs. Il n'y a pas deux métiers comme celui-là, et nous, nous le faisons mieux que quiconque. C'est comme si nous avions un don pour cela. Toi aussi tu possèdes cette aptitude unique. Quoi que puisse en dire ta mère, un père perçoit ce genre de prédisposition chez son fils. Ton choix est le bon, ton destin est ici, dans l'atelier de ton grand-père. Ton avenir réside entre ces murs, au milieu de ces peaux. On ne doit jamais chercher le bonheur ailleurs qu'à deux pas de chez soi. Allez, viens que je te bénisse.

Le père pose sa main droite sur la tête de Roman pour entamer la bénédiction des pères à leurs fils, prière qui les accompagne tout au long de leur vie, les aide à surmonter les obstacles, leur donne force et combativité, les arme de courage et de hardiesse.

Le père termine sa prière, dit *Amen*, l'enfant répète *Amen*. Il y a un instant de silence avant que le père ne lance :

— Maintenant, c'est moi qui dois te parler, Roman.

L'enfant comprend alors que ses espoirs se sont réalisés. Le grand moment est arrivé. C'est l'heure du retour de son père.

— Je t'écoute, papa ! dit-il, relevant la tête, les yeux brillant de joie.

5

Nina

La joue plaquée contre la porte de la chambre, Nina tend l'oreille, s'efforçant de capter l'écho de la conversation entre son fils et son mari, d'entendre le moindre souffle, le plus petit soupir, avec la même détermination doublée d'effroi que si la vie de son enfant en dépendait.

Elle attend que le sort de son enfant bascule, qu'il se confronte à la grande misère et à la lâcheté des hommes. Elle écoute, les mains tremblantes, tout son être et ses sens voués à capter les paroles prononcées de l'autre côté de la cloison, témoin aveugle et impuissant, incapable, comme elle aurait rêvé de le faire, d'ouvrir la porte, de s'interposer, de presser la main sur la bouche de son mari pour lui interdire de passer aux aveux et d'annihiler en quelques secondes l'aboutissement d'années de sacrifices consentis pour protéger son fils de la violence des hommes.

Elle entend Arieh s'éclaircir la voix comme on le fait avant un long discours. Elle retient son souffle.

— Ce que j'ai à t'apprendre, Roman, n'est pas simple à dire. Et comme je n'étais pas certain de savoir exprimer correctement mes sentiments, comme je craignais que les mots ne sortent déformés de ma bouche, j'ai préféré t'écrire une lettre.

Elle perçoit le froissement du papier que l'on déplie.

— Roman, reprend la voix d'un ton solennel, sur un rythme lent et appliqué. On ne choisit pas le temps qu'il fait au-dessus de nos têtes. Parfois la pluie s'abat, parfois le soleil brille. L'essentiel est de ne pas laisser passer les beaux jours, parce qu'ils ne durent jamais longtemps, parce qu'on n'est pas certain qu'ils vont revenir. Le reste du temps, nos cœurs se déchirent inutilement, nos colères nous égarent. Nous écrasons des mouches et nous prenons pour de vaillants guerriers.

Une pause, puis la voix reprend.

— J'ai aimé ta mère, je te l'ai dit déjà. Je l'aime toujours, parce que les sentiments qu'on éprouve restent ancrés en nous à jamais, ils sont ce que nous sommes devenus, la meilleure partie de nous-mêmes. Si j'ai aimé ta mère, c'est que je l'aime encore.

Elle sent son cœur se serrer.

— Me marier avec ta mère n'a pas été simple. Elle était plus âgée que moi, s'était déjà mariée une première fois, avait déjà un fils. Ma famille, mon entourage, les règles de bienséance édictées par mon milieu, tout s'opposait à notre union. Un membre de la tribu des Cohen a l'interdiction d'épouser une divorcée. Il a fallu lutter pour que mon père consente à ce mariage, pour obtenir sa bénédiction. Nous nous sommes battus, elle et moi. Nous avons remporté cette bataille et ta naissance est venue récompenser la victoire. Mais à peine étais-tu né que j'ai dû partir pour la guerre. Quand je suis revenu, je n'étais plus le même, mais la guerre m'avait changé et ta mère également. Vous aviez dû quitter Wilno. Les privations et les voyages avaient atteint ta mère, tout comme les morts et les rats m'avaient éprouvé sur le front. Nous étions devenus deux étrangers, nous luttions chacun contre nos démons. Puis nous sous sommes mis à lutter l'un contre l'autre, nous avons entamé notre guerre. Et celle-là, je l'ai perdue, ou je n'ai pas su la mener, ou j'ai rendu trop tôt les armes...

Elle étouffe un sanglot.

— Les chemins que nous avions tracés, ta mère et moi, se sont définitivement séparés et je marche aujourd'hui sur une autre route. Ne me demande pas pourquoi. Je ne suis pas meilleur qu'un autre. J'ignore si je serai un modèle pour toi. Je ne suis pas le père idéal. Le seras-tu, toi ? Nul ne le sait. À vrai dire, je n'ai jamais cherché à être exemplaire. J'ai juste essayé d'être heureux. Un jour s'est présentée cette autre femme et je n'ai pas su lui résister, ou bien je n'en ai pas eu envie, ou j'ai cédé à mon désir, j'ai cru le bonheur possible dans ma vie, et mon bonheur passait par elle. Je ne te demande pas de ne pas me juger. Je réclame simplement ton indulgence. La vie n'a pas été facile. Les jours se suivaient sans jamais se ressembler. Je n'ai rien accompli de terrible. Je n'ai pas tué, je n'ai pas volé. Tu penseras que j'ai trahi ta mère. Ce sont mes sentiments qui m'ont trahi. Ou bien c'est la vie qui nous a trahis. Mais si l'on ne suit pas ses sentiments, que fait-on de ses jours, Roman ? Simplement accomplir son devoir ?

Elle se redresse, recule d'un pas. C'est plus qu'elle ne peut en entendre. Elle part à l'autre bout de la pièce.

Elle songe que Roman se souviendra de cet instant avec l'immémoriale fidélité des fils, en cultivera le souvenir, transformera l'innocence meurtrie en haine assassine. L'enfant a appris la grande lâcheté des hommes, a vu s'éteindre le temps de l'insouciance. Elle se promet d'en ranimer la flamme, peu importe ce que cela lui coûtera d'énergie et de peine. Elle s'évertuera tout au long des années à tenter d'effacer l'instant de cet aveu, à enseigner ce qu'est un amour absolu, un pur amour sans taches.

Longtemps après qu'elle aura quitté ce monde, elle continuera de l'au-delà des morts à se rappeler au souvenir de son fils, à se remémorer le sens d'une passion éternelle dans le souffle du vent, le bruissement des feuilles, le grand silence des cimetières, depuis les profondeurs de la terre où pourrira son cadavre ou des hauteurs célestes où les âmes demeurent.

Au bout d'un temps, elle voit Arieh sortir de la chambre. Elle croit lire sur son visage la marque du remords. Il reste silencieux, les yeux baissés. Elle le dévisage sans pouvoir, elle non plus, prononcer un mot.

— On m'attend, finit-il par dire, les yeux rivés au sol.

Elle acquiesce d'un hochement de tête, sans la moindre malice cette fois.

— Tu sais, ajoute-t-il, je n'ai pas réussi à lui dire, pour… l'enfant. Ça n'est pas sorti de ma bouche…

— La prochaine fois, fait-elle.

Il quitte les lieux sans rien ajouter.

La porte de la chambre s'ouvre, Roman demande d'un ton neutre si l'on dîne bientôt. Elle le prie de s'asseoir, pose une assiette sur la table, la remplit de soupe, puis se poste face à son fils.

Tandis qu'il mange, elle essaie de deviner si quelque chose a changé en lui, cherche la marque d'une tristesse sur son front, une lueur sombre dans son regard, une moue de mélancolie sur ses lèvres, stigmates des atroces paroles sorties de la bouche de son père. Elle n'en trouve aucune trace. Aucune ombre n'entache le pur éclat de ses yeux bleus. Peut-être a-t-elle eu peur pour rien ?

Le garçon termine son assiette, accepte que Nina le resserve. Avant de remplir à nouveau sa cuillère, il lève vers sa mère un regard désolé et dit :

— Maman, est-ce que je peux te confier quelque chose sans que tu te mettes en colère, ni que cela te rende triste ?

Cet enfant lui crève le cœur.

— Mon amour, je ne suis jamais en colère contre toi et quoi que tu fasses, cela ne me rend jamais triste.

— Eh bien, avoue-t-il d'un ton toujours hésitant, comme s'il voulait par avance prévenir ou adoucir chez sa mère un possible chagrin, j'ai dit à papa que je voulais être fourreur. Est-ce que tu me pardonnes ?

— Évidemment, je te pardonne, mon chéri, murmure-t-elle des sanglots dans la gorge.

— Je crois que cela l'a rendu très fier de moi, heureux... Peut-être que cette nouvelle va nous le ramener ?

Après quoi le garçon plonge sa cuillère dans son assiette et finit son reste de soupe sans rien dire.

6

Arieh

Il marche le long des rues, les épaules ployant sous un fardeau invisible. La ville basse, plongée dans la nuit, semble s'éloigner de lui à mesure qu'il avance. À peine remarque-t-il que la neige a cessé de tomber.

Il revoit le visage tordu de souffrance de Nina, les yeux embués de larmes de son fils, entend l'écho de sa propre voix lisant la lettre. Il éprouve un sentiment de honte devant l'indifférence qu'il s'est forcé d'afficher. Il avance dans le soir d'hiver, au milieu des bruits de charrettes, du vrombissement des voitures qui monte de la ville. Les marchands ambulants terminent leur journée. La sortie de synagogues jette à la rue un peuple de fidèles au milieu de la clameur joyeuse des enfants. Ce tumulte traverse ses pensées en silence.

Il avait envisagé cette dernière épreuve comme une formalité, prévoyait d'emprunter le chemin du retour la conscience légère.

Et, quittant Frida sur le pas de la porte, devant la pointe d'inquiétude qui assombrissait le visage de la jeune femme, il s'était montré rassurant : « *Ne t'en fais pas, ma chérie, c'est le dernier obstacle à franchir.* » Il avait fait quelques pas dans le couloir, puis était revenu, avait embrassé sa compagne, puis s'était agenouillé devant elle, avait plaqué son visage contre son ventre rond dans l'espoir de percevoir un battement de cœur, qui l'aurait encouragé comme un soldat partant pour le front a besoin d'une étreinte.

Jamais, quand elle était enceinte, Nina ne lui avait autorisé ce genre d'effusions. Elle usait de différents prétextes, repoussait toujours le moment. Chacune de ses initiatives était déclarée inopportune, chaque geste déplacé, chaque tentative vouée à l'échec. Il était vu comme un intrus.

Maintenant il rattrape le temps perdu, s'abreuve à la source de la tendresse humaine.

Si évidente, si nécessaire que lui semble cette rupture, elle prend des allures de débâcle, ébranle les murs de certitude sur lesquels s'est bâtie sa nouvelle vie. Et ce qui devait être le point final à une histoire s'offre soudain comme le prolongement d'un long chemin de souffrances.

Contrairement à ce qu'il avait craint, Nina n'a pas élevé la voix. Se pourrait-il qu'elle ait changé ? Que cette transformation, qu'il avait ardemment souhaitée, se soit enfin produite maintenant qu'ils sont séparés ? Mais il sait que, s'il revient la voir, elle changera à nouveau, tempêtera contre lui, fera valser les verres puis s'enfermera dans le silence, s'excusera d'une voix douce, tendra une main amicale avant de lui envoyer une assiette à la figure.

Et, alors qu'il imagine ses grands accès de théâtralité, elle commence à lui manquer.

Il traverse la rue Zawanaya, passe devant la synagogue Taharat Hakodesh. C'est là que le rabbin Itshik Rubinstein les a unis, Nina et lui, sous le dais, à la fin de l'été 1912. Les murs de la synagogue sont toujours debout, le rabbin Rubinstein officie encore, tout le reste a été balayé par le temps.

La lourde porte de bois ciselé est ouverte, la prière de Chaharit vient à peine de s'achever. Il laisse son regard glisser à l'intérieur et revoit comme si c'était hier le dais tendu au milieu de la salle, Nina vêtue de blanc, le visage radieux. Elle le dévore des yeux à l'instant où, d'un coup de pied sec, il brise le verre en souvenir de la destruction du Temple de Jérusalem.

Il se revoit avant l'heure du mariage demandant sa bénédiction à son père, un homme contre lequel il ne s'est jamais rebellé, près de qui il travaillait de l'aube à la tombée de la nuit, fils soumis, docile, tout d'obéissance et d'affection. Il avait trouvé le vieil homme, d'ordinaire si affable, hésitant et en proie au doute. Sur son visage, les ombres faisaient de larges taches dans le halo de clarté que dispensait l'ampoule nue du petit bureau de l'atelier. Le père regardait son fils d'un air froid, comme s'il était un étranger. « *Cette Nina, je ne l'ai croisée qu'une seule fois, mais je sais qu'elle n'est pas pour toi,* avait-il lancé. *— Que lui reproches-tu au juste ? — J'ai lu dans ses yeux quelque chose qui ne présage rien de bon. — Nous lisons l'avenir dans les yeux maintenant, et pourquoi pas dans le marc de café ? — Ne te montre pas insolent, s'il te plaît. — Excuse-moi, papa... — À table, elle est restée silencieuse tout le repas, au dessert, elle est sortie de sa torpeur, a pris la parole et c'était comme un diable sorti de sa boîte, elle a déversé tout un flot de paroles. Quelque chose ne tourne pas rond chez elle. — Comme chez tout le monde, non ? — On dirait une aventurière. — Tu disais que le mariage est une grande aventure. — Pour l'affronter, il te faut quelqu'un de sensé, de solide et de doux, elle n'a aucune de ces qualités. — Elle en a un tas d'autres. — Lesquelles ? — Elle est... énergique ! D'une force à soulever les montagnes ! — Quoi d'autre ? — Passionnée ! — C'est une qualité, la passion ? — Terriblement sensible. — C'est pire encore ! — Cultivée, elle a lu des* *bibliothèques entières. — Le Talmud en entier ? — Pas ce genre de littérature, papa. — Il n'y a aucun autre genre qui vaille. Elle ne milite pas au Bund, au moins ? — Elle a des sympathies pour les socialistes. — Bientôt tu vas m'apprendre qu'elle a été actrice ! — Elle l'a été, papa... Papa, je me moque de ses qualités et je me moque de ses défauts ! Je l'aime, voilà tout ! — L'amour ne fait que passer, Arieh, la seule chose qui reste, c'est la tendresse. — Elle est tendre, plus qu'aucune femme ne saurait l'être. — Je n'ai pas remarqué. — Tendre avec ceux qui l'aiment. Papa, sois sincère avec moi, la seule chose qui te gêne, ça n'est pas son regard, ni ses changements d'humeur. Ce qui te gêne, c'est qu'elle soit divorcée et qu'elle ait un enfant. — C'est l'exacte vérité. — Je m'en moque, moi, qu'elle se soit trompée d'adresse une première fois. Tu n'as pas fait d'erreur, toi ? — Moi j'ai trouvé ta mère sans même la chercher. — Tout le monde n'a pas ta chance. Est-ce le père qui doit choisir pour le fils ? — De mon temps, c'était ainsi. — Nous sommes en 1912, au XXᵉ siècle ! — Ce siècle ne vaudra pas mieux que les précédents. — Il sera le siècle du progrès, le siècle de la science, celui de la paix. — Amen. — Il verra la fin des pogroms, la fin de l'antisémitisme. — La fin du monde... — Une nouvelle ère s'annonce, papa, et tu la verras de tes yeux. — Ce que je vois pour l'instant, c'est mon fils, ce doux rêveur, en train de se fourvoyer avec une femme qui n'est pas faite pour lui. — Et si je me passe de ton avis ? — Tu te marierais sans la bénédiction de ton père ? — Que penserais-tu d'un homme qui renoncerait à la femme qu'il aime pour la bénédiction de son père ? Tu aurais passé toutes ces heures à m'enseigner les bienfaits de notre religion, tu m'aurais appris à lire la* Guemara *et la* Michna, *les commentaires de Rachi, ceux de Rabbi Gaon, pour faire de moi un traître, un lâche qui pèse le pour et le contre en matière de sentiments, un homme qui a peur de la femme qu'il aime ?* »

Après un long silence de réflexion, le vieil homme avait demandé à son fils de s'approcher avec une forme de respect dans la voix. Il avait posé sa main droite sur la tête du jeune homme et avait donné sa bénédiction à cette union.

Poursuivant sa route, Arieh croise un groupe d'enfants vêtus de guenilles, certains s'amusant à enjamber le caniveau qui déverse une eau croupie, d'autres, des bouts de bois en guise d'épée, montent des chevaux imaginaires, prétendent être des Cosaques en fendant l'air de leurs bâtons. Les filles les regardent effarées, leur demandent d'arrêter.

— Les Cosaques n'arrêtent jamais ! braille un des petits soldats en faisant tournoyer son épée puis en fonçant sur un garçon aux longues papillotes lisant sagement à l'écart près de deux gamins plus jeunes qui jouent à la marelle.

Son fils ne joue plus ni à la marelle, ni aux soldats. À quoi peut-il bien s'amuser dorénavant ? Il lui trouve l'air triste, revoit les grands yeux qui le fixaient à l'instant et semblaient implorer qu'il revienne.

Il continue sa route. Une voix l'interpelle.

— Arieh Kacew, tu as un manteau splendide !

Il se retourne et se retrouve face à Ephraïm Chlomovitz, le bonimenteur du Vieux-Marché.

— Les fourreurs ne sont pas comme les cordonniers ! déclare Chlomovitz. Mais est-ce vrai ce que l'on raconte ? Il paraît que tu es ruiné ? Ne mens pas ! Crois-tu que l'on puisse cacher quelque chose dans le Ghetto. Tu es ruiné ! Tout le monde ne parle que de ça de la rue Troki à la rue Konska, de Zavalna à Niemiecka, les Fourrures Kacew Père et Fils sont au bord de la faillite. Que croyais-tu, rouler carrosse toute ta vie ? *Ashires iz vi shney in marts*[1]. Nous n'avons plus d'argent pour acheter des œufs et tu veux qu'on s'offre des pelisses en écureuil ! Quant aux Polonais, ils en ont soupé de nos zibelines. Alors à qui espères-tu vendre ? Refiler tes manteaux d'astrakan à Staline ? Réchauffer Trotski maintenant qu'il s'est fait éjecter du Politburo ? Commercer avec les Boches qui

1. « La fortune est comme la neige en mars. »

n'ont que des briques pour se nourrir ? Je te le dis, Arieh, la fourrure, c'est terminé ! Les animaux de la forêt ne pleureront pas ton doux métier. *Loyfn di hint mit gehoybene kep*[1]. Mais j'ai mon idée si tu ne veux pas terminer les huissiers chez toi, comme on prétend que cela est arrivé à ta femme. Une idée de génie que je t'offre alors que je pourrais la monnayer des fortunes, et simplement parce que je te porte en haute estime. Cette idée, c'est le hareng ! Ne me regarde pas comme ça, avec des yeux de merlan frit ! Écoute avant de dire non ! Laisse-moi t'expliquer pourquoi l'avenir de notre bon vieux ghetto passe par le petit poisson et passera par toi, si tu ne laisses pas passer ta chance et consens à devenir millionnaire en zlotys. Écoute, au lieu de faire semblant. Et ne te crois pas plus malin que moi, ton arrogance t'a conduit à la ruine. L'idée de génie qu'a eue le grand Ephraïm Chlomovitz, ferrailleur de formation mais grand créateur devant l'Éternel, déjà inventeur du livre d'images pour sourds, de la machine à redescendre le temps et de la recette de la carpe farcie sans carpe à l'attention des plus démunis, mon idée tient en deux syllabes : hareng ! Nous allons toi et moi, cher Arieh Kacew, lumière de la rue Nimiecka, prince des fourreurs sur le déclin, mettre le hareng à toutes les sauces, frais, fumé, sec,

1. « Les chiens courent en gardant la tête en l'air. »

salé, mariné, saur, pec. Nous inonderons le marché de harengs, du hareng dans les vitrines, du hareng dans les assiettes, du hareng dans les besaces, de l'huile de hareng en savon, de la peau de hareng en produit de beauté, nous commencerons dans le ghetto, ensuite dans la ville basse, quand tout Wilno sera gagné par la fièvre du hareng, nous en inonderons la Pologne, et ensuite, ce sera l'Allemagne, et après la Bessarabie, et puis la Moldavie. Dans deux ans, toute l'Europe sentira le poisson frais et croulera sous les harengs. À nous la vie de château ! Alors, Arieh, dis-moi franchement, tu pars dans l'aventure ?

— Ephraïm, la dernière fois que je t'ai croisé, répond-il, tu m'as proposé un projet de plantations de pastèques en Alaska.

— Et tu as eu bien tort de ne pas accepter ! Ne laisse pas passer deux fois ta chance ! L'Alaska était un projet magnifique, cinq cents hectares de pastèques ! Personne n'y avait pensé avant. Einstein lui-même n'y avait pas songé alors qu'il a pensé à tout ! *Kharote is nist mayse soykher*[1], comme l'on dit ! Mais si l'affaire ne s'est pas faite, c'est ta faute, criminel, lâche ! Et pourtant, qu'était-ce, cent vingt mille zlotys pour un fourreur ? Trois zibelines et deux visons ? Ton problème, Arieh Kacew, si tu es prêt à entendre tes quatre vérités, c'est

1. « Le regret n'est pas bon pour les affaires. »

que tu laisses passer les trains. Tu vas à la facilité. Tu as fait pareil avec ton épouse ! Tu n'as pas su surmonter les difficultés ! Oh ! bien entendu, tu vas prétendre que c'est compliqué de rester avec une femme avec une personnalité pareille et un tel caractère. Mais tu as renoncé bien vite, quand il aurait fallu batailler ! Je peux te l'avouer, maintenant, il y a un an, j'ai sonné à sa porte, je lui ai dit Nina, ton crétin de mari n'a jamais rien compris à l'existence. Ne reste pas seule. Ne désespère pas des hommes ! Il te faut un type comme moi. Je sais que je suis laid comme un pou, ignare, inculte, un peu cinglé mais je t'aimerais comme personne. Et tu sais pourquoi ? J'ai connu ta beauté, ta splendeur unique quand tu avais vingt ans. Dans mes yeux, tu te verras comme cette beauté-là. Le reste de ta vie, tu seras une femme aimée. Et puis songe, Nina, à ce que l'on pourrait faire, toi et moi ! Ta boutique Maison de Paris sera plus grande, plus fastueuse que la Samaritaine, on viendra de Pékin pour se faire un chapeau de ta main. Tu sais ce qu'elle m'a répondu ?

— D'aller voir ailleurs ?

— Ah, tu connais bien ta Nina ! Allez, oublions nos échecs sentimentaux, faisons une croix sur les pastèques, laissons l'Alaska aux Yankees, notre avenir se joue dans les fonds marins. Nous sommes déjà riches à millions. J'ai contacté mon cousin Asher Wlasowitz, il a pris une option d'achat pour l'avant-dernier étage de l'Empire State Building, il paraît que le dernier n'est pas à vendre. Bientôt nous habiterons là-bas, les affaires sont les affaires. Ce que je te propose est simple. Je ne te demande même pas d'argent. Vide juste ton atelier de toutes ces pelisses invendables, et laisse-moi y entreposer, disons... pour commencer, onze tonnes de harengs. Une paille ! C'est de chez toi que partira la Reconquête. Qu'en penses-tu ? Ne dis pas non, je t'en prie. Étudie ma proposition. Oh, je sais ce qui pourrait te faire reculer ! La peur ! Tu crains de dépenser l'argent que tu n'as pas ! Mais qu'est-ce qui peut bien t'arriver ? Crois-tu pouvoir tomber plus bas ? Pense en yiddish ! Toi, tu penses en petit-bourgeois ! Nina m'avait prévenu, remarque. Cela t'étonne qu'elle se soit confiée à un type comme moi ? Elle a trouvé à qui parler. Une femme n'a pas besoin d'être mariée. Elle doit juste être admirée. Et moi, quand j'aime énormément, j'admire. J'admire comme on doit admirer. Sans compter, sans bouder son plaisir. Moi, j'admire comme tu respires. Nina rêve d'infini, elle pense à des immensités. Elle a besoin d'un géant. D'un type qui dépense sans compter. Pas d'un type qui facture ses sentiments. Moi, quand j'entreprends, j'entreprends ! Qu'est-ce qu'on perd donc à rêver ? Dans vingt ans, on sera tous morts. Celui qui ne voit pas en Staline un nouveau tsar pire encore qu'Alexandre III a deux poutres dans chaque œil. Accepte ma proposition, je te dis. Tu sais, tu me fais penser à Hermann Flick, un Berlinois de souche d'un café de la Potsdamerplatz avec qui j'étais en affaire le mois dernier. Je tentais de lui vendre de la bière juive de Wilno. Tu sais ce qu'il m'a répondu ? « Si on savait faire de la bière à Wilno, ça se saurait ! » Quelle étroitesse d'esprit ! Quel mépris ! Du coup, j'ai visité Berlin. J'ai été sur l'Alexanderplatz, j'ai traîné mes guêtres le long de l'Orienburgerstrasse, fait les cent pas sur Weinbergsweg. Les nôtres s'y agglutinent par milliers. Des Polonais, des Russes, des Bessarabiens, des Galiciens. Ils sont plus pauvres et plus misérables encore que ceux de Wilno, ils croient avoir trouvé la Terre promise à l'ombre d'Unter den Linden. La ville sent la haine à plein nez, Arieh, plus encore qu'à Wilno. J'ai observé dans les yeux des Allemands quelque chose que je n'ai jamais vu dans le regard d'un Polonais. Pourquoi je te raconte tout ça ? Ah oui, laisse-toi aller et laisse-toi vivre. Investis sans peur du lendemain, pense grand ! Et grand rime avec… ? Hareng ! Tu tiens l'avenir de Wilno entre tes mains. Alors ? Si onze tonnes de harengs te paraissent trop pour débuter dans ton atelier, je t'en mets seulement dix. Tope là pour dix tonnes !

— Ephraïm, je déteste l'odeur du hareng, lâche-t-il en reprenant sa route.

— Tu le regretteras, Arieh, comme tu regretteras Nina ! entend-il crier dans son dos.

Il prend sur la droite. Bientôt, il est arrivé chez lui.

En entrant dans l'appartement, il retrouve Frida en chemise de nuit, allongée sur le sofa du salon, les paupières closes. Il avance en veillant à ce que le bruit de ses bottes sur le parquet ne la réveille pas, s'assoit sur une des chaises autour de la table, tourne la tête en sa direction. Il adore la regarder lorsqu'elle dort, contempler les traits de son visage, ses joues rondes, ses longs cils, sa chevelure qui descend jusqu'aux épaules, son cou si fin que, pour la faire rire, il la surnomme sa « girafe », et elle, dont les seuls souvenirs de girafe sont les illustrations des récits de l'Arche de Noé des livres pour enfants, déteste la comparaison, lui interdit de l'appeler l'ainsi. Il répète *« Ma girafe, ma girafe ! »*, parce qu'il aime voir ses pommettes empourprées de colère. Mais, depuis qu'elle attend un enfant, il redoute le moindre mouvement d'irritation, *Ma girafe*, c'est du passé. Il s'attarde maintenant sur la courbure de ses seins enveloppés sous le tissu de lin dont les transparences laissent paraître la splendide blancheur, il a l'impression de deux jattes de lait. Il scrute les deux tétons doux, les toise, les admire, les mordille en pensée, les dévore du regard. Et, alors que ses yeux descendent sur son nombril, et comme si son regard était trop appuyé, Frida entrouvre ses paupières, tourne les yeux en sa direction et demande :

— Je dormais ?

Il fait non de la tête. Elle serait contrariée d'apprendre qu'elle somnolait à cette heure du jour.

— J'aurais juré avoir dormi des heures, dit-elle en bâillant. Tu es rentré depuis longtemps ?

Il répond qu'il arrive à peine.

— Quelle heure est-il ? demande-t-elle, faisant mine de s'asseoir, puis se rallongeant aussitôt, comme si ce simple mouvement était déjà trop pénible.

Il saisit sa montre dans le gousset de son veston, jette un coup d'œil sur le cadran, répond qu'il est six heures vingt, tourne le remontoir parce qu'il lui semble avoir oublié de le faire la veille au matin, laisse glisser son regard au dos de la montre, où se trouve gravé : *« À mon mari, pour la vie. »* Nina lui avait offert cette montre quelques semaines après que l'atelier eut reçu une commande d'une trentaine de pelisses d'un riche propriétaire de la région. La montre valait une fortune, c'était une Vacheron Constantin, dont la mollette et les aiguilles étaient en or, le cadran émaillé d'argent, et que Nina avait fait venir de Suisse, cet achat engloutissant une bonne partie du bénéfice de la commande des pelisses. Quand Arieh s'était inquiété du prix, le visage de Nina, qui irradiait à l'instant de lui tendre le cadeau, s'était soudain assombri. L'œil noir, elle avait rétorqué : « *L'argent ! Il n'y a que ça qui t'intéresse !* » Elle avait repris le cadeau d'entre ses mains, l'avait jeté sur le fauteuil : « *J'ai passé des jours à chercher cette montre, je me suis ruinée en téléphone avec Genève pour te faire plaisir ! Et, avant même de me dire qu'elle est magnifique, que c'est le plus cadeau que tu aies jamais reçu, ta première réaction est de me dire : l'argent !... La prochaine fois, je t'offrirai une montre-bracelet en toc, comme celles que porte ton frère ! Et puis non, il n'y aura pas de prochaine fois !* » Elle avait claqué la porte de la maison.

— Viens m'embrasser, demande Frida.

Il se lève, s'agenouille devant le sofa, couvre ses mains de baisers.

— Tu leur as annoncé la nouvelle ? demande-t-elle en se relevant.

Il fait oui d'un hochement de tête.

— Comment l'ont-ils pris ?

Il éprouve un sentiment de honte.

— Tu n'as tué personne, je te répète...

Il explique qu'il se sent coupable.

— L'homme est ainsi fait, répond-elle. Il aime avoir mauvaise conscience.

— Que sais-tu de l'homme à ton âge ?

Il s'excuse aussitôt d'avoir prononcé ces mots. Elle lui caresse le front, lui dit que ce n'est rien.

Il se redresse, explique qu'il va lui falloir partir maintenant, se rendre au dîner d'anniversaire de son oncle, la famille entière est réunie.

— Tu es sûr, corrige-t-elle, la famille *tout entière* ?

Il se répand en excuses. Si elle veut l'accompagner, il peut imposer sa présence. Maintenant que Nina connaît la nouvelle, tout le monde apprendra bientôt qu'Arieh Kacew a une maîtresse, que sa maîtresse est enceinte.

— C'est ainsi que tu me vois... *Une maîtresse* ? dit-elle d'une voix incertaine.

— Tu es la mère de mon enfant, ma compagne pour les jours qui me restent..., répond-il en baissant la tête.

Elle lui saisit la main, la pose sur son ventre. Elle laisse passer un temps puis demande, d'un ton plus léger, presque joyeux :

— Comment l'appellerons-nous ?

— Mandel, si c'est un garçon.

— Oh, pas Mandel ! Mon oncle s'appelait Mandel, s'exclame-t-elle.

Elle désirerait pour l'enfant quelque chose de moderne, un nom qui ne soit pas celui d'un gamin du ghetto, un nom passe-partout et noble à la fois, qui ne rappelle pas ses origines dès que l'enfant se présentera, un nom qui lui ouvrira grand les portes du monde.

— Dommage que Roman soit déjà pris, ajoute-t-elle, dans un sourire.

Il prend pour la première fois conscience concrètement que son fils aura bientôt peut-être un autre demi-frère. « Que Dieu garde celui-là », songe-t-il.

— Pourquoi pas Pavel ? reprend Frida.

Il dit aimer beaucoup Pavel, c'est élégant et c'est gracieux. Il répète pour lui « Pavel et Roman », émet l'espoir que les deux garçons se comporteront en frères.

— Pavel sera médecin, un grand médecin ! On l'inscrira à l'université Stephan Batory. Il y deviendra professeur de chirurgie… Et si c'est une fille, ce sera Valentine ! ajoute-t-elle en posant une main sur la bouche d'Arieh. Ne dis rien, c'est déjà choisi !

— Valentine Kacew, ça sonne bien ! répond-il en marmonnant.

Elle retire sa main. Ils éclatent de rire. Il se sent plus léger.

— Allez, va retrouver les tiens ! fait-elle, j'ai besoin de me reposer.

Il enfile son manteau, revient l'embrasser.

— Rappelle-toi, Arieh, murmure-t-elle, tu n'as tué personne, tu n'as fait que donner la vie.

Il met son chapeau sur sa tête et s'en va.

Il marche vers la rue Niemecka d'un pas rapide. Il craint de déclencher la colère de son oncle en arrivant en retard à la petite fête. Son oncle déteste toute entrave aux conventions, comme son père disparu trois ans auparavant, qui ne cessait de répéter qu'un homme devait vivre selon des règles intangibles inspirées du Décalogue. « *Respecte ton prochain comme toi-même,* disait-il, *en est la principale, parce qu'elle signifie Respecte l'autre et plus encore Respecte-toi, veille à pouvoir te regarder en face dans le miroir le soir autant que le matin. Tout le reste,* sermonnait son père, *n'a finalement pas d'importance, tout découle de cet ordre-là. Si tu te respectes, tu ne voleras point, ne tueras point, tu te tiendras droit dans l'existence quels que soient les coups qui s'abattent sur toi, coups du sort ou coups de cravache.* »

Ainsi s'exprimait son père, sur la base de maximes et d'adages qui balisaient une vie entière. Ainsi avait été élevé Arieh, par d'édifiantes leçons de vie fondées sur la pierre angulaire du devoir, visant à faire de lui ce que Kacew père nommait *un honnête homme,* même si depuis longtemps déjà Arieh n'avait plus l'âge ni de recevoir des leçons, ni d'apprendre la vie, ni de changer de caractère.

Son père avait été exemplaire, avait gardé le cap sa vie durant, il s'était marié jeune avec une femme qu'il avait toujours aimée, avec laquelle il avait formé un couple solide, dont l'harmonie vous écrasait. Son père avait élevé ses enfants dans la chaleur de son foyer avec une éducation stricte, sévère, parfois implacable, sans jamais céder à la violence physique de bien des pères qui utilisent le nerf de bœuf, prodiguant ses conseils avec un constant souci de compréhension et une pointe d'ironie. C'était un père idéal, un père modèle dont l'imposante stature accablait Arieh et dont la perfection lui rappelait ses propres faiblesses.

À cette heure, sortant de chez sa maîtresse à qui il a fait un enfant, après avoir annoncé à sa femme qu'il s'apprêtait à la quitter, il lui semble plus encore qu'à tous les autres moments de sa vie trahir les volontés du vieil homme. Il redoute que ce repas ne prenne des accents de conseil de famille, que son oncle, qui a pris la place vacante de son père comme chef de tribu, ne le mette face à ses manquements, ne le confronte à ses forfaits, et finalement ne le condamne pour haute trahison aux principes immémoriaux. Mauvais père, mauvais mari et mauvais fils – tout l'inverse d'un *honnête homme*.

Il arrive au bas du petit immeuble dont il lui faut maintenant gravir les étages.

La famille est au grand complet, frères et sœurs réunis pour l'occasion, Josel et sa femme Ethie, Jakov, Berta et son mari Solomon,

Borukh sans son épouse, Rakhel est accompagnée de son mari, Ephraïm. Des enfants courent dans tous les coins.

— Ah, voilà enfin Arieh, s'exclame l'oncle, dont le visage laisse paraître une pointe de mécontentement. Mon neveu, ça n'est pas dans tes habitudes d'arriver en retard...

Il s'excuse platement, invoque un empêchement.

— Sauf si Dieu nous ôte l'existence, rien ne peut nous empêcher d'arriver à l'heure. Celui qui ne respecte pas les horaires ne respecte pas son prochain.

Il renouvelle ses excuses, la tête baissée, et va s'asseoir.

— Nina n'est pas avec toi ?

Il explique qu'elle est souffrante et a dû rester alitée. Un long silence gêné s'ensuit dans l'assistance, comme si l'excuse avait fait long feu, comme si la cause était entendue. Sans nul doute l'annonce de sa rupture définitive avec Nina sera saluée par la famille comme la meilleure des nouvelles. Ici on lui avait toujours répété qu'ils n'avaient rien à faire ensemble, l'esprit de sérieux et l'âme d'artiste, la modiste folledingue et le sage fourreur.

— Et Roman ? reprend le vieux sur un ton de reproche excédé. Cela fait longtemps qu'il n'a pas vu son grand-oncle ! Roman est également souffrant ?

Arieh explique que le garçon a du travail, un examen de la plus haute importance l'attend le lendemain, il lui faudra se coucher tôt.

— Entre une femme toujours malade et un garçon plongé dans les livres, tu te prépares de beaux jours, ironise le vieux.

— Pourrions-nous reprendre notre conversation ? s'insurge Jakov.

— À ta guise, mon neveu, répond l'oncle. Arieh, sache que Jakov prétendait que pour un bon foie haché, la cuisson devait être de cinq minutes, pas une seconde de plus, quand Josel et Berta ne démordaient pas qu'il en fallait sept.

— Sept, et pourquoi pas douze ? soupire Jakov.

— Jakov, ne sois pas insultant, dit Berta. Tu t'étonnes ensuite qu'on ne veuille plus venir dîner chez toi !

— Je croyais que vous ne veniez pas chez moi parce que la nourriture n'y était pas entièrement cacher.

— C'est l'autre raison.

— Vous avez besoin de deux raisons pour refuser de dîner chez votre frère ?

— Trois, maintenant, vu comment tu cuisines ton foie haché.

— Mon oncle, puis-je partir ? demande Jakov, il me semble que ma présence ne soit pas la bienvenue ici.

— Jakov, tempère le vieux, tu ne comprends donc pas la plaisanterie ?

— Ça, c'est la quatrième, rajoute Berta.

— Et de toute façon, poursuit Josel, comment peut-on mettre 5 œufs pour 500 grammes de volaille ? C'est 4 œufs, sinon autant se contenter de faire un strudel.

Nina n'aimait personne autour de cette table. Du temps du vivant du père d'Arieh, elle le jugeait autoritaire, lui reprochait de manquer cruellement de tendresse, de dévoyer la religion pour en faire un objet de contrôle sur ses enfants. Elle mettait son supposé altruisme sur le compte d'un immense égoïsme, le jugeait coupable des supposées faiblesses de caractère de son mari. Elle trouvait la mère d'Arieh trop effacée et trop soumise, incapable d'un seul mouvement de tendresse – l'inverse d'une vraie mère. Elle prenait un malin plaisir à singer ses sœurs, imitant leurs manières en gloussant, moquant l'embonpoint de l'une, la passivité de l'autre. Parfois, la regardant ridiculiser les siens, Arieh devait étouffer ses rires tant la caricature sonnait juste, tant Nina pouvait se montrer drôle dans son immense cruauté. Il était au spectacle. Tout prenait des accents d'un mélange de commedia dell'arte, de théâtre yiddish et de tragédie grecque. Elle critiquait avec une même jubilation appliquée ses frères, surtout Borukh, le fils préféré, à qui son père passait tout, et comme elle ne pouvait moquer son intelligence – le jeune homme étant le seul de la fratrie à avoir franchi le barrage du strict numerus clausus qui empêchait la plupart des juifs de postuler à l'université – elle raillait sa maigreur, sa calvitie naissante, ses yeux de myope.

— Pouvons-nous changer de conversation ? intervient Borukh, ôtant ses lunettes pour les remettre aussitôt, comme il en a la manie lorsqu'il est énervé. J'en ai soupé du foie haché.

— Si vous voulez continuer à me critiquer, dit Jakov, toujours vexé, je peux vous révéler que, pour cuisiner mon *gefilte fish*, je ne fais pas bouillir ma carpe avec des carottes.

— Tu plaisantes, j'espère ? Ça ne m'étonne pas que ta sœur t'ait toujours trouvé bizarre. Enfin, tant que tu ajoutes de la betterave dans la sauce au raifort... Le *chrain*, c'est l'essentiel du goût.

— Pourrions-nous revenir à la question politique du jour ? reprend Borukh. Josel nous expliquait qu'il est urgent de partir pour la Palestine. Josel, raconte pourquoi nous devrions faire nos valises...

— Oh, c'est très simple, explique Josel, Les ultranationalistes sont maintenant majoritaires au conseil municipal de Wilno, les Endeks sont sur le point de remporter les élections au Parlement. Ils sont organisés en milices, ils ont le soutien de la population, ils comptent des généraux de l'armée dans leurs rangs, ils font passer des lois restreignant nos droits, ils prônent un numerus nullus, fomentent des manifestations contre nous…

— Pilsudski nous protège, répond Ephraïm, nouveau venu dans la famille, et qui commençait seulement à faire entendre sa voix.

— Un jour, Pilsudski ne sera plus là, dit Josel. Ce jour-là, gare à nous !

Nina détestait *tous* les Kacew. En un sens, elle avait l'esprit de famille. Elle les détestait avec l'excès qu'elle appliquait à toute chose, les détestait sans nuances, avec une violence irraisonnée, une férocité jamais feinte. Elle excellait dans l'art de la détestation, haïssait avec un talent fou, trouvait toujours le mot juste et le terme assassin, et si sa rancœur contre tel ou tel individu s'adoucissait – car elle était capable de se réconcilier avec la même promptitude qu'elle pouvait s'enflammer contre quelqu'un –, alors elle se découvrait un nouvel adversaire, ouvrait un nouveau front. Nina était un être en guerre contre une succession de cibles, individus proches ou lointains qui formaient comme la parade d'effigies défilant au stand de tirs dans les fêtes foraines. Sa cible favorite demeurait cependant la famille Kacew, aucun individu ne trouvant grâce à ses yeux dès lors qu'il appartenait au clan.

— Josel, intervient l'oncle, tu veux fuir Wilno et partir dans l'inconnu à cause d'un groupe d'illuminés ? Nous étions ici avant eux, nous le serons après.

— Je veux partir avant qu'ils ne nous expulsent ! Rappelez-vous quand les Polonais ont repris Wilno aux troupes de l'armée Rouge, souvenez-vous d'avril 1919…

« *Même toi, je te hais parfois* », lui affirmait Nina, et elle expliquait avec la plus sincère conviction qu'elle n'avait pas besoin de raison pour cela, c'était là un sentiment naturel, le plus instinctif des sentiments, un sentiment humain, voilà tout.

« *Tu me détestes par pure humanité ? – Et plutôt deux fois qu'une !* »

Et, finissant de se remémorer cet échange, Arieh considère avec effarement le ravissement que peut susciter en lui le souvenir d'un tel instant.

— Où veux-tu en venir, Josel ? Six ans, c'est déjà de l'histoire ancienne.

— Je dis qu'il est temps de partir avant le nouveau massacre. Je dis que la fois prochaine, Pilsudski ne sera plus là pour arrêter le carnage.

— Je refuse d'aller en Palestine ! s'emporte Ephraïm, je suis très bien là où je vis !

Arieh avait longtemps excusé cette déferlante de sentiments malveillants qu'il mettait sur le compte de la peur. Nina lui donnait l'impression de marcher dans une forêt sombre et hostile, remplie d'êtres malfaisants qui avaient juré sa perte. Il ne parvenait pas à lui en vouloir, lui trouvait toutes les excuses. Outre le tragique des événements passés, il mettait son agressivité sur le compte d'une revanche à prendre. Il se montrait quant à lui incapable d'exprimer de la haine envers quiconque, fût-ce son pire ennemi – si du moins il s'était connu des ennemis, puisqu'il avait le conflit en horreur et ne suscitait donc guère de violentes inimitiés contre sa personne. « *Qui n'est pas capable de haïr est incapable d'aimer !* » le rabrouait-elle. Malgré reproches et invectives, il continuait à la plaindre. Détester n'était pas dans ses cordes.

— En Palestine, nous ne baisserons plus l'échine, nous ne vivrons plus sous la terreur des Polonais ou des Russes !

— Tu vivras sous celle des légions de Fayçal.

— Au moins, j'aurai un drapeau !

— Nous n'avons pas besoin d'un drapeau.

Était-ce en dépit ou à cause de ses innombrables défauts qu'il avait aimé Nina et continuait à éprouver des sentiments pour elle ? Il l'avait toujours protégée contre ses excès. Mais ce combat contre des démons imaginaires qui allait à l'encontre de sa nature première avait laissé Arieh au bord de l'épuisement. Un jour, il avait rencontré Frida, l'exacte opposée de Nina, quelqu'un de doux, d'attentionné.

— Je me défendrai contre mes ennemis les armes à la main !

— Parce que tu connais le maniement des armes ?

— Arieh m'apprendra, il a été soldat !

— Arieh semble avoir assez de soucis comme ça, intervient l'oncle de sa voix chevrotante. Arieh, tu ne dis rien, toi qui as toujours quelque chose de sensé à dire. Quelque chose ne va pas ?

Il bredouille que tout va pour le mieux, il se sent fatigué, voilà tout.

— Oui, mon neveu, tu as l'air terriblement fatigué.

Il demande l'autorisation de quitter la table et de rentrer se reposer.

— Bien sûr, rentre chez toi, conseille le vieux. Un homme ne doit jamais rester longtemps séparé de son épouse.

Il se lève. Il s'apprête à quitter la pièce quand son oncle ajoute d'un ton faussement anodin :

— J'ai croisé Frida Bojarski rue Nimiecka, hier matin. Si ton père était de ce monde, il te conseillerait d'officialiser certaines choses.

Un lourd silence envahit l'assistance. Arieh quitte la fête.

WILNO

27 janvier 1925

1

Roman

Deux grands yeux le fixaient dans la pénombre du petit jour.

— Roman, c'est l'heure de se réveiller, ton thé et tes bagels sont chauds, moi, je pars travailler.

Il reçut un baiser sur ses lèvres puis sentit sur son front la chaleur d'une main familière.

— Ne tarde pas. À ce soir, mon chéri.

Il suivit la silhouette de sa mère tandis qu'elle quittait la chambre, entendit l'écho du bruit de ses talons s'affaiblissant dans le couloir, la porte d'entrée claqua en se refermant.

Un courant d'air froid s'engouffra dans la chambre, il se réfugia sous les couvertures. Il était certain d'avoir fait un rêve mais ne parvenait pas à se remémorer lequel. Il ne connaissait pas plus pénible impression. Creusant dans ses pensées, il se souvint d'une échelle dressée face à lui et dont l'extrémité reposait sur un nuage – dans ses rêves, des hommes marchaient sur la tête, des chiens parlaient aux chats. Il se vit entamer l'ascension de l'échelle, d'un pas hésitant, puis plus sûr.

Lorsqu'il fut parvenu à mi-hauteur de l'échelle, un oiseau vint planer au-dessus de lui. Il n'aurait su dire s'il s'agissait d'un aigle ou d'un faucon. L'oiseau tournoya un moment, puis disparut, et ce fut tout.

Il avait vu ce dont un aigle était capable, longtemps auparavant, tandis qu'il faisait une grande promenade avec son père dans la campagne de Wilno. Pendant qu'ils marchaient en silence, il avait aperçu un grand oiseau avec des ailes immenses, un bec et des serres effrayants foncer vers le sol sur un ragondin qui courait dans les herbes. L'aigle avait saisi l'animal et était reparti dans les hauteurs célestes. Le cri du ragondin au moment où il était emporté résonnait encore à ses oreilles.

« *Tu vois*, avait dit son père ayant constaté combien la scène l'effrayait, *c'est un peu un résumé de notre vie. — Tu parles de la vie de ragondin ou de la vie d'aigle ?* avait demandé Roman. — *D'après toi ?* avait-il répondu. — *Je ne sais pas. Quand je vois un ragondin se faire dévorer par un aigle, je vois un ragondin et un aigle, rien de plus. — C'est toi qui as peut-être raison* », avait admis Arieh, l'air pensif.

Dans son rêve, l'oiseau tournoyait en lui lançant des cris qu'il ne parvenait pas à interpréter, les oiseaux ne parlant pas yiddish ni même polonais ou russe. Les cris avaient commencé à devenir si perçants qu'il avait dû se boucher les oreilles.

C'est alors que Nina était intervenue en lui embrassant le front. Son baiser avait fait fuir l'aigle comme d'un claquement de doigts. Sa mère avait brisé son rêve.

Il s'assit sur le lit, un peu désappointé, ne trouvant aucune logique à cette scène qui semblait tout droit sortie des films que sa mère l'emmenait voir au Kinorama et qui le laissaient parfois épouvanté longtemps après que la lumière fut rallumée. Il oublia son rêve, enfila son pantalon, passa ses chaussettes, mit sa chemise, sortit de sa chambre, alla s'asperger le visage d'eau du robinet, puis s'assit à la table sur laquelle son petit déjeuner était dressé.

Il contempla le grand bol de thé fumant, l'assiette de bagels, celle des gâteaux aux noix, le *Keiss Kuchen*, et le strudel.

Ce matin, il n'avait envie de rien.

Il se força à ingurgiter une gorgée de thé. Cela n'avait aucun goût. Le gâteau aux noix était sec. Le *Keiss Kuchen* n'avait aucun goût. Il ne toucha pas au strudel. Dans ses pensées surgit alors l'image d'Arieh Kacew, les bribes du discours qui lui avait été tenu la veille lui revinrent en mémoire, il se sentit en proie à une étrange détresse, affecté au plus profond par le souvenir du regard que lui avait jeté son père au moment des adieux et où brillait non pas une marque d'affection ou de sévérité, comme à l'ordinaire, mais une lueur de pitié semblable à celle que l'on éprouve pour un chien abandonné. Les yeux de son père lui brisaient le cœur.

Il s'en voulut de ne pas avoir profité de cet instant pour avouer à son père combien sa présence lui manquait, combien son amour pour lui était grand et comme il regrettait de s'être toujours montré trop distant et trop froid. Il aimait son père de toute son âme, aimait la chaleur de sa présence, le ton de sa voix, aimait jusqu'à la noirceur de son regard, aimait son ombre dans le jour quand l'homme se postait devant la fenêtre au soleil couchant et que cette ombre s'allongeait lentement, démesurément, cette ombre devenait immense et c'était le plus grand des pères, tous les trois formaient une famille, moins nombreuse, certes, que la plupart des familles de Wilno, mais qui comptait tout autant, la seule idée de cette famille unie parvenait à le rassurer, le confortait la nuit lorsque des bruits inquiétants lui parvenaient de l'extérieur, la seule idée de son père présent dans la chambre d'à côté le réchauffait quand venaient trotter dans son esprit tous les golems et les sorcières dont les bords de la Vilnia regorgeaient.

C'était sa faute si son père était parti, la faute à sa paresse, à son appétit du jeu, à l'amour et à l'obéissance qu'il portait à sa mère.

Sans doute n'avait-il pas assez dit à son père combien il le trouvait fort et imposant, comme il aimerait lui ressembler, oui, c'était sa faute si son père avait choisi de partir, l'homme ne s'était pas senti assez aimé dans sa maison par son fils, ni assez respecté, le père était allé chercher ailleurs amour, obéissance et tendresse. On ne pouvait pas accuser Nina, trop occupée pour perdre son temps en marques d'affection, alors que Roman, lui, n'avait rien à faire, on n'exigeait rien de lui, ni travail ni cuisine, il avait eu tout son temps pour aimer son père. Qu'avait-il fait de tout ce temps ? Rien, il n'en avait rien fait. Rien, sinon gaspiller toutes les heures du jour à s'amuser dans la cour du numéro 16 de la Grande-Pohulanka avec le petit Kazik, avec Marek le boiteux, s'amuser, comme si la vie était un jeu, alors que tout dit qu'elle ressemble aux misérables jours d'un ragondin, s'amuser à voler des boîtes de halva, à jeter des cailloux sur les vitres, s'exercer au « jeu de la mort » avec Jan, à se goinfrer de rahat-loukoums, à tenter de voir sous les jupes des clientes de la boutique, courir après les chiens errants, s'initier à la magie ou rester des après-midi entiers plongé dans les romans de Walter Scott et de Stevenson, comme si les secrets de l'existence se cachaient dans les livres alors qu'ils brillaient depuis toujours dans le regard de son père.

L'heure était venue pour lui de partir à l'école. Il se sentait las, fatigué de la journée à venir, peinait à se lever de chaise, avait envie d'aller se recoucher. Des braillements d'enfants résonnaient à travers la cloison, des portes claquaient, on dévalait les escaliers de l'immeuble, on cavalait dans la cour. Il regarda par la fenêtre. Le jour se levait dans sa clarté blafarde. Les portes de l'école allaient bientôt fermer. S'il ne quittait pas les lieux maintenant, c'était le retard assuré, la punition du surveillant, la convocation chez le directeur où Nina devrait essuyer les accusations de mauvaise mère, l'exhortation à se reprendre, les lots de remontrances sur l'éducation qu'elle donnait à son fils, le mauvais exemple que représentait aux yeux de la collectivité une femme vivant seule et cherchant à travailler.

Ni le spectre de la réprimande ni la menace de l'humiliation ne parvenaient à le bouger de sa chaise. Il éprouvait le vague sentiment que cette débauche d'énergie était inutile et vaine. Ça n'était pas un sentiment naturel à son âge. À presque onze ans – sa mère le lui avait suffisamment répété – on courait, on volait, la vie semblait légère. L'éloignement de son père rendait tout triste et pénible à la fois. Peu lui importaient les reproches de ses professeurs d'école l'accusant de ne pas suivre en cours, de s'attarder à des détails, de vouloir mettre ses maîtres en difficulté en posant des questions qui ne seraient pas de son âge. Il aurait aimé qu'on le laisse tranquille, qu'on cesse de le forcer à écrire ou à lire des choses qu'il jugeait sans intérêt, à apprendre par cœur les affluents du fleuve Amour et ceux de la Volga, à écouter en classe ce qu'il n'avait pas envie d'entendre.

Voyant s'échapper sa dernière chance de trouver les portes de l'école ouvertes, il enfila son manteau, mit sa chapka, quitta les lieux, son cartable à la main. Ce cartable était le cadeau de son père pour ses dix ans, il était confectionné en cuir de vachette. Cinq jours avaient été nécessaires à deux ouvrières de l'atelier pour sa fabrication. Dans l'arrière-cour de l'immeuble du 16 rue Grande-Pohulanka, ce cartable lui pesait, pesait sur sa conscience autant qu'à son bras, lui semblait lourd de l'âme de son père, d'une présence éclipsée et d'un bonheur défunt.

Arrivé dans la rue, il aurait dû prendre à droite le chemin emprunté chaque jour, marcher jusqu'à la boucherie Kazneltsohn, emprunter le grand passage, traverser la cour de l'atelier du cordonnier Minkowski, continuer tout droit pour parvenir à l'entrée de son école. Mais aller entendre les sermons de ses maîtres, leur montrer obéissance lui semblait plus dénué d'intérêt encore que d'ordinaire. Ses maîtres ne lui apprendraient rien d'autre sur la vie que ce que lui avait enseigné l'entretien de la veille.

Au lieu de prendre à droite, il choisit d'aller vers la gauche.

Il voulait se fondre dans les rues de la ville. Noyer son désespoir d'enfant dans le caniveau.

Tout au bout de la rue, il fut apostrophé par une voix familière.

— Eh, Roman ! Que fais-tu par ici, à cette heure ? lui lança Lev Grischberg, le ferblantier, tandis qu'il passait devant sa boutique.

Il ne répondit rien.

— Tu t'es trompé de chemin ? demanda l'homme.

Il acquiesça d'un mouvement du menton.

— Dis à ta mère qu'elle me doit le prix de trois casseroles, conclut l'homme d'un ton plus sévère.

Roman poursuivit son chemin sans relever.

Et dans l'air du matin, soudain revigoré par sa décision de faire l'école buissonnière, il songea qu'il pourrait poursuivre au-delà du ghetto, dépasser la porte Principale, les colonnes de l'Hôtel de Ville, l'université, quitter les faubourgs, monter jusqu'à la tour Gediminas pour admirer Wilno depuis ses hauteurs ou mieux encore emprunter le tramway jusqu'à la gare, prendre le premier train, partir pour Moscou, Paris ou Pékin, là où le destin le conduirait, rencontrer des tas de gens, se faire des tas d'amis, vivre des tas d'aventures.

Sa mère répétait qu'à Paris on ouvrait sa porte aux étrangers, on partageait le pain et l'eau ; on vous disait français à peine aviez-vous entonné *La Marseillaise*, ou si vous récitiez un seul vers de Victor Hugo – il connaissait par cœur six poèmes des *Feuilles d'automne*. À Berlin, affirmait Nina, on avait compté un grand ministre juif du nom de Rathenau. L'homme était mort assassiné. Roman, lui, saurait vendre cher sa peau.

Il reviendrait à Wilno, une fois devenu un homme. Il sentait déjà un fin duvet au-dessus de ses lèvres, sa voix commençait à muer. Et comme au long du périple il aurait appris à monter à cheval, il chevaucherait un pur-sang, jusque devant le 16 de la Grande-Pohulanka où il cabrerait sa monture, ferait pousser à l'étalon un long hennissement, s'écrirait : « *Viens Nina, nous partons !* » Sa mère descendrait aussitôt, monterait en amazone sur la bête. Le cheval les entraînerait loin des collines de la ville en une fougueuse cavalcade. Grisés par l'air des collines et des campagnes, on partagerait de grands éclats de rire, on laisserait derrière soi le cortège de deuils et le lot du malheur, les humiliations du ghetto, le souvenir des Cosaques et des

Endecks. On partirait changer de vie, de pays et de nom. Et si, rattrapé par le remords, l'envie venait à son père de les rejoindre, on lui ferait une place au milieu des lits de fortune.

Moscou, il connaissait. La Chine semblait un lointain empire. Berlin était empreint des pires souvenirs de son frère mourant, Vienne à vrai dire ne le tentait pas. Ce serait Paris, la France était le plus merveilleux pays, le français une langue si belle.

Mes deux frères et moi nous étions tout enfants,
Notre mère disait : Jouez, mais je défends,
Qu'on marche dans les fleurs et qu'on monte aux échelles[1].

Il donnerait des cours de polonais, les Français adorent la Pologne. Il leur apprendrait les bases du yiddish, c'était la plus vivante des langues.

On le frappa dans le dos, il trébucha sur le pavé, se retrouva à terre.

— Défends-toi, Kacew ! hurla, dressé devant lui, Yankel Grunbaum, le fils du boucher de la rue Osmania, un géant blond avec de petits yeux cruels qui avait quitté l'école deux ans auparavant, s'enorgueillissait de pouvoir étrangler un chat d'une seule main,

1. « Les Feuillantines » de Victor Hugo.

passait dorénavant son temps à maltraiter les anciens camarades qu'il croisait dans la rue. Trancher des filets de viande semblait avoir métamorphosé Yankel, qui traitait désormais ses anciens camarades en ennemis, attitude que Roman continuait à excuser, mettant ce comportement sur le compte d'un départ prématuré de l'école, d'une vie au milieu des chairs sanguinolentes.

— Mets-toi debout, *mamzer*[1] ! lui ordonna Yankel.

Avec sa casquette de travers, sa pelisse en mouton, sa cicatrice barrant son front, le type avait des airs de bandit.

— Je ne suis pas un *mamzer* ! s'écria Roman en se relevant, le genou atrocement douloureux.

— Si, tu en es un ! s'échauffa Yankel sur le ton de celui qui voulait en découdre. Et ton père est aussi un *mamzer*, je l'ai croisé avec Frida Bojarski sur la Yatkower Gas.

— Tout le monde a le droit de se promener sur la Yatkower Gas. Mon père avec Frida Bojarski ! objecta Roman avec la volonté de défendre l'honneur des Kacew, et malgré le dégoût que lui inspirait le fait de prononcer le nom de la maîtresse de son père.

— – Ils étaient proches comme deux amants, allégua Yankel avec un sourire de mépris.

1. Bâtard.

— As-tu vu la largeur de nos rues ? répondit Roman. Deux chevaux n'y passent pas côte à côte.

— Ton père et Frida étaient à pied, insista Yankel.

— Mon père ne sait pas monter à cheval, fit Roman avec l'énergie du désespoir.

Yankel laissa passer un silence, puis asséna d'un ton froid :

— Ton père trompe ta mère, tu es un petit bâtard !

— Ce serait le fils de Frida Bojarski qui serait un bâtard si jamais il était de mon père, corrigea Roman en haussant les épaules.

Yankel observa un nouveau silence d'incompréhension.

— Cesse de m'embrouiller, proféra Yankel en allant se saisir du cartable tombé sur le trottoir. Tu m'en remontres avec ton air supérieur ! Tu te crois malin parce que tu es intelligent.

— Qui te dit que je suis intelligent ?

— Tu ne t'exprimes pas comme tout le monde.

— Toi non plus.

— Montre de la considération envers moi !

— Comment veux-tu que je considère quelqu'un qui a failli me briser la jambe ?

— Avec respect !

— On n'impose pas le respect par la force.

— Ah bon, et comment fait-on ? Pendant des années mon père m'a frappé au nerf de bœuf pour que je le respecte.

— Et qu'as-tu fait ?

— Je lui ai obéi.

— Obéir n'est pas respecter, expliqua Roman. Mon père a tous les défauts du monde, mais il n'a jamais levé la main sur moi.

— Frapper son fils est dans la nature humaine.

— La nature est parfois mal faite.

— Voilà que tu recommences, Kacew ! Tu veux m'en remontrer avec ton intelligence, c'est plus fort que toi.

— Rends-moi mon cartable et je m'en irai.

— Viens le prendre, petit *mamzer* !

— La violence ne mène à rien.

— Elle te ferait récupérer ton cartable.

— Qu'en feras-tu, de mon cartable ? Tu ne vas plus à l'école...

— Je pourrais en obtenir un bon prix... Sûr que ton père y a fait travailler tous les employés de son atelier. Les Kacew sont des escavlagistes.

— On dit esclavagiste.

— Ça n'est pas un petit morveux qui va me faire la leçon ! tonna Yankel en ouvrant la sacoche et en déversant son contenu, livres, cahiers, porte-plume, dans le caniveau. Voilà ce que j'en fais, de ton intelligence !

Roman contempla, médusé, ses affaires dans les eaux usées. L'instant de sidération passé, il se précipita pour les récupérer.

— Ramasse, *mamzer,* ramasse ! Et merci pour le cadeau !

Yankel détala à toutes jambes, le cartable sous son bras.

Roman ramassait les livres dans l'eau croupie du caniveau. Ce n'était que des masses informes qu'il tirait une à une de l'eau, du bout des doigts et plus dégoûté que s'il ramassait des mollusques sur une plage. La plupart des pages étaient collées, l'encre s'était délavée, les P devenus des L, les M transformés en Z, plus rien n'avait de sens, tout s'était disloqué, le cahier de mathématiques, les deux romans de Jules Verne que le maître avait demandé de lire, le livre d'histoire et celui de prières, rien ne pourrait être sauvé, tout avait été noyé dans la tourmente. Il alignait les livres côte à côte pour faire l'inventaire du désastre et, plus affecté que devant un oiseau mort, contemplait les ouvrages échoués sur le trottoir.

— Ne sois pas si triste, murmura une voix douce aux intonations cristallines, qui semblait fredonner une mélodie à ses oreilles et parvint à apaiser sa tristesse.

En se retournant, Roman découvrit une jeune fille au sourire enjoué plein de vagues promesses. Elle devait avoir quinze ou seize ans, ses cheveux étaient coupés court, son teint d'une pâleur maladive jurait avec les accents de sa voix et la tendresse de son visage. Elle flottait dans son manteau sombre.

— Je m'appelle Macha, Macha Weiter, déclara-t-elle.

Il reconnut celle que dans le ghetto on surnommait Macha la Dingue, dont le père, le poète yiddish Aron Weiter, avait été assassiné sous ses yeux, six années auparavant, lors du grand pogrom de Wilno.

— Relève-toi, fit-elle, offrant son bras, dans un rire léger qui dissipa en un éclat le ressentiment désolé et las que la perte des livres avait suscité en lui.

Saisissant la main tendue, il ressentit au fond de sa paume une sensation inédite, quelque chose de doux, de chaud, semblable au plaisir qu'il prenait en savourant un petit pain au fromage. Il se redressa et, réalisant qu'il tenait encore cette main dans la sienne, se sentit rougir de honte, comme s'il était nu. Il retira ses doigts, le visage plus brûlant que s'il avait la fièvre.

— Ce qui est arrivé à tes livres n'est rien, expliqua-t-elle d'une voix qui semblait prendre en compte la douleur du garçon mais appeler à la dépasser. Tout le monde peut imprimer ou écrire des livres. Tant qu'on n'a pas vu son père se faire tuer, on ignore ce qu'est l'authentique chagrin.

Il se sentit incapable de la regarder en face, comme on reste à la porte d'un appartement qui semble trop somptueux pour son rang. Une question lui brûlait les lèvres, qu'il jugea trop indécente pour être posée.

— Ne baisse pas les yeux, reprit-elle d'un ton consolateur. Tu as des yeux immenses, d'un bleu si pur. Tes yeux feront des ravages, tu es trop jeune pour le comprendre.

— Pourquoi dit-on que tu es folle ? lâcha-t-il comme à regret, se traitant aussitôt d'imbécile et de *schmock*[1].

Elle eut un petit rire étouffé, comme si, habituée à la question, elle savait qu'il y avait écrit *folle* sur son front.

— Parce que la nuit, expliqua-t-elle avec un air de gravité, je marche sur les pas de mon père.

— Chacun marche sur les pas de son père.

— Moi, j'arpente les rues de Wilno une lanterne à la main. Je cherche l'âme de mon père. Je marche à travers les quartiers où il aimait se promener, je caresse les murs des maisons qu'il visitait. Tous les coins de la ville me renvoient son image, tous les murs me parlent, les façades m'appellent. Ceux qui me disent folle m'ont sans doute aperçue à la tombée de la

1. Idiot.

nuit, m'enfoncer rue Iatkova ou rue Rudnicka, une lampe à pétrole à la main, cherchant les traces de mon père et l'empreinte de sa présence. Tu trouves cela insensé, toi ?

— Absolument pas !

— Je cherche à capter son souffle dans le vent du soir. J'aspire à pleins poumons l'air qu'il a respiré.

— Tu as déjà senti ce souffle ?

Par deux fois, en six ans, expliqua-t-elle, elle avait été prise d'un halètement ample, profond, incontrôlé. Elle avait eu l'impression de respirer pour deux puis avait laissé échapper un soupir qui semblait appartenir à un autre. Cette sensation inédite l'avait fait chavirer dans une sorte d'ivresse, comme si trop d'oxygène lui était monté à la tête Elle s'était demandé si elle avait rêvé ou si elle était devenue folle de chagrin, comme on le prétendait. Le prodige s'était produit dans une rue que son père empruntait fréquemment, où il avait ses habitudes. Peut-être la rue avait-elle conservé une parcelle du souffle d'Aron Weiter, peut-être cet air flottait-il dans l'air du soir ? Elle était repassée le lendemain, puis les jours suivants, le miracle ne s'était pas renouvelé. Depuis, elle explorait les rues adjacentes, sillonnait le ghetto, convaincue qu'elle connaîtrait à nouveau la chance de percevoir le souffle de son père disparu. Peut-être était-ce pour cela qu'on la disait folle ?

— On croit que je parle aux morts, poursuivit-elle. Mais je m'adresse à mon père comme les hommes ici s'adressent à Dieu.

Roman eut l'impression de rencontrer une sœur de souffrance. Depuis la disparition de Joseph, il avait toujours la hantise que sa mère disparaisse, emportée par une maladie grave ou renversée par une carriole. C'était une terreur semblant venir du fond des temps, un peu comme la peur du loup. Mais, s'il était parvenu à vaincre la peur du loup, cet effroi-là ne passait pas.

— Ma mère me répète que je dois faire mon deuil, ajouta-t-elle. Je déteste quand elle parle ainsi. Je ne serai jamais en deuil pour la simple raison que mon père n'a pas disparu. Il occupe chacune de mes pensées. Son âme plane autour de moi, sa silhouette paraît quand vient le crépuscule, j'entends sa clé tourner dans la serrure, à l'heure où d'ordinaire il rentrait, sa voix me parvient dans le couloir. Maman, tu es une menteuse, ou bien tu es aveugle et sourde, tu ne sais pas voir papa dans la pénombre, tu ignores comment sentir sa présence. C'est à se demander comment un tel homme a fait pour tomber amoureux de toi.

Nulle part elle ne trouvait de repos à sa peine, ni de limite à son chagrin, tant ce chagrin était immense.

Elle observa comme un silence de recueillement puis demanda :

— Toi, ton père est-il encore en vie ?

— Oui, mais… fit-il sans oser poursuivre.

— Il y a un *mais* ?

— Mon père vit maintenant avec une autre femme.

— Les hommes sont ainsi, expliqua-t-elle avec une forme de résignation dans la voix. Tous trompent leur femme.

Elle l'observa fixement puis dit :

— Cela a l'air de t'attrister.

— Mon père se moque que je sois triste, répondit-il.

— Tous les hommes s'en moquent ! Tous, pourtant, ont été des fils.

Elle partit alors dans un long discours dont le message un peu confus de prime abord aux yeux du garçon semblait lui être destiné. Elle expliqua que tous les hommes avaient souffert le martyre devant leur mère en larmes lorsqu'ils étaient enfants. Tous avaient voulu la venger du malheur, pendre haut et court leur père quand il rentrait trop tard ou découchait le soir.

— Mais, à l'instant de franchir la porte de chez leur maîtresse, les pères oublient le fils qu'ils ont été, oublient les fils qu'ils ont, oublient la souffrance des mères, la leur et celle de leurs enfants, oublient les peines qu'ils ont vécues et toutes les peines qu'ils vont faire vivre. Ils oublient tout chez leur maîtresse. Ils perdent la tête, font peau neuve en se glissant sous les draps. Ils se vautrent en oubliant qui ils sont, à la chaleur de bras empressés entre lesquels ils se croient les hommes les plus forts du monde. Ils deviennent alors plus fous que moi. Ils se mettent à défier les Commandements divins, bravent les lois de l'Univers. Ils se croient soudain éternels, refusent ce qu'ils sont devenus, contestent les plus élémentaires évidences, l'idée que leur femme est leur semblable, que leurs fils sont devenus des hommes, plus vaillants, plus grands et plus forts qu'eux. Ils perdent la notion du temps, toute notion de l'honneur, abandonnent leur fierté entre ces bras accueillants, se voient en fiers conquérants, des Achille, des Moïse, des Hector. Ce ne sont que de pauvres types dérisoires qui croient retrouver leur jeunesse tandis qu'ils vont bientôt perdre leurs dents.

Il y eut un silence, puis Roman laissa échapper :

— Macha la Dingue, tu n'es pas folle ! Et tu sembles bien connaître les hommes.

— Je les connais parce que, lorsque je marche devant eux, ils me dévisagent, me dévorent des yeux, soulèvent dans leur esprit la robe que je porte, me voient nue dans leur tête, et soumise et docile, et ils rêvent de mon corps. Quand ils posent leur regard sur moi, leur âme noire transparaît. Je vois soudain leur vraie nature quand ils font leurs sales propositions.

— Il t'arrive d'accepter ces propositions ?

— Certaines fois, avoua-t-elle, mais ça n'est pas pour eux.

— Pour quelles raisons alors ?

— Eh bien..., dit-elle d'une voix hésitante, dans leur étreinte, je cherche le souvenir de mon père quand il me prenait dans ses bras.

— C'est vrai finalement que tu es un peu folle...

— Tant qu'on n'a pas vu son père assassiné sous ses yeux, on n'a pas perdu la raison. Comment t'appelles-tu ?

— Kacew, Roman Kacew.

— Tu devrais quitter la ville, Roman Kacew. Pars avant de devenir un homme comme les autres.

Elle lui adressa un baiser de la main, d'un air aussi éploré que si elle disait adieu à son compagnon de longue date. Puis elle quitta les lieux et s'enfonça dans une ruelle, tournant la tête à droite puis à gauche, comme si elle était à l'affût de quelque chose.

Il demeura immobile au milieu de la rue, face à la rangée de livres au sol. Du pied il s'appliqua à pousser les ouvrages dans la rigole, les suivit un instant tandis qu'ils descendaient le petit ruisseau d'eaux usées. Las de ce triste spectacle, il décida de reprendre sa traversée de la ville.

Il emprunta une rue plus animée, avec ses marchands ambulants, ses vieilles femmes assises à même le pavé qui cherchaient à vendre une quinzaine de pommes, deux kilos de patates, trois poivrons, les étals des poissonniers au-dessus desquels bourdonnaient des nuées d'abeilles, et qui offraient au regard de grosses carpes à la chair luisante, l'œil encore vif, dont le simple spectacle vous transportait sur les rives d'un lac. Ici on vendait une poule dans sa cage, à côté d'une paire de gants usés. Ces gants, expliquait le vendeur, feront tous les hivers d'une existence, vous feront espérer que tombe la neige, passez-les ! N'est-ce pas comme si vous portiez un poêle au bout des doigts ? Si jamais vous les trouvez pour un prix plus modique, qu'un feu éclate dans mon foie, *redn zolstu fun hits*[1]. La vie s'exprimait ici dans toute sa joyeuse fureur, son exaltation débordante, on était au cœur battant du ghetto, c'était le cœur vivant du monde. La clameur du jour balayait le souvenir des jours noirs. On se laissait griser par une ivresse infinie, la vie n'avait plus rien d'éphémère, le présent était éternité. Ces pieux vieillards à la barbe grise, ces femmes à la beauté sage, ces enfants aux yeux pétillants, ce merveilleux peuple de gueux marchait ici un siècle auparavant et arpenterait ces rues dans cent ans,

1. « Que tu tombes dans le délire. »

ce peuple-là est immortel. Philippe Auguste leur avait élevé de grands bûchers, Saint Louis les avait expulsés tout comme le bon roi Dagobert, furieux qu'avec tant de provocante insistance ils s'accrochent à leur foi. Depuis le XIVe siècle, ils avaient été chassés tour à tour par les Allemands, les Autrichiens, les Lituaniens et les Russes, les voilà toujours aujourd'hui, vendant du hareng et des livres, leurs enfants courant auprès d'eux. L'Éternel a créé le jour, l'Éternel a créé la nuit. On ne peut vivre chaque seconde en songeant que c'est la dernière. Tous auront disparu vingt ans plus tard, excepté le petit Roman, quand l'heure allemande sera venue. Pas un d'entre eux ne mourra dans son lit, couvert de baisers par l'épouse, paupières fermées par un fils, dans le solide réconfort d'une chambre. Aucun kaddish ne sera prononcé. Au terme d'une route de souffrance, ils seront tous exécutés, périront tous autant qu'ils sont. Yankel Grunbaum. Samuel Grunbaum. Sacha Goldberg. Ethel Susjinski. Lev Grischberg. Hermann Freiskin. Lev Perutz. Ephraïm Chlomovitz. Abraham Ginzburg. Macha Weiter. Le clan Kacew dans son ensemble, les frères et les sœurs d'Arieh. Les enfants des frères et des sœurs. Et Arieh Kacew lui-même, avec ses propres enfants à venir, Valentine et Pavel, et son épouse, Frida Bojarski. Tous connaîtront un sort semblable, hommes, femmes, enfants, vieillards, seulement dix-huit ans plus tard. Soixante mille âmes exterminées. Tout ce que Wilno comptait de juifs.

Pour l'instant, en ce jour de marché, on ignorait le malheur à venir, on s'apostrophait joyeusement, on hurlait, on s'invectivait, on se jurait une fidélité éternelle, on se tombait dans les bras et Roman, redoutant à tout moment d'entendre son nom crié par quelqu'un qui l'aurait reconnu, préféra, pour échapper aux regards, s'engager au coin sous un passage sur la droite.

L'endroit, désert et calme, avait l'étroitesse d'une galerie et faisait résonner l'écho de ses pas. Au bout de quelques dizaines de mètres, il tomba bientôt sur la vitrine de l'atelier de fourrures Blumstein et Frères, qui était, au dire de son père, un farouche concurrent de l'entreprise Kacew et Fils, connaissait une prospérité plus rapide et plus forte qu'expliquait, selon Arieh Kacew, le fait que Jakov Blumstein, le fondateur, s'accordait le temps de travailler à l'exportation de ses produits, tandis que chez les Kacew la journée entière était consacrée au travail de la fourrure. « *Nous ne sommes pas des marchands, nous sommes des artisans, et nos heures doivent être dédiées aux règles de notre art* », expliquait Arieh lorsque son fils consentait à venir à l'atelier pour apprendre à ses côtés les rudiments du métier de fourreur, bien que Roman eût toujours préféré à ses heures d'ennui une promenade sur les bords de la Vilnia ou la lecture d'un livre. Mais le garçon avait toujours veillé à faire passer son propre plaisir après celui de son père, convaincu que c'est ainsi qu'un fils devait se comporter. Il était récompensé de ses efforts par le regard enjoué que son père posait sur lui à l'instant où il franchissait le perron de son atelier.

« *La fourrure, Roman, compte deux sortes de poils, le jarre et le duvet... Examine cette peau, ici c'est ce qu'on nomme la croix, là, c'est l'arête, ici, le flan... Vois la finesse de cette lamelle de cuir, sur laquelle Yossik a travaillé toute la matinée. Pour que la couture ne soit pas visible, il coud l'intérieur de la pointe sur elle-même... Coudre, couper, coudre, couper, ce sont les tâches séculaires des fourreurs, nos prières quotidiennes, nos Tables de la Loi, il y a deux techniques de découpe, ici nous préférons la galbée... Observe maintenant ces femmes, admire leur façon de faire, elles sont le socle de notre métier, la pierre sur laquelle nous bâtissons nos vies, on ne travaille pas le vison comme on travaille la zibeline... Alors, cela te plaît ? Tu es doué, cela se sent. Tu deviendras un grand fourreur ! Un père perçoit ce genre de prédisposition, quoi que puisse en dire ta mère. Ton destin est ici, dans l'atelier de ton grand-père, ton avenir, ton bonheur, ton futur résident entre ces murs, au milieu de ces peaux. On ne doit jamais chercher le bonheur ailleurs qu'à deux pas de chez soi.* »

L'odeur des peaux lui avait toujours donné la nausée, la vision d'un animal dépecé ne lui inspirait que du dégoût. Il n'était pas doué de ses mains, s'était toujours montré incapable de tirer un trait droit au crayon, coudre lui semblait la tâche la plus ardue qui soit. Mais l'amour filial devait dépasser les convenances personnelles. De quel droit pouvait-il choisir son destin ? Il était juif par sa mère, il serait fourreur par son père. Il passerait le restant de ses jours à confectionner des cuirs. À force d'obstination, il finirait par gagner le combat engagé contre sa nature première. Il deviendrait un bon fourreur, aimerait son métier comme il aimait son père. Il transformerait l'atelier familial en une entreprise florissante qui ferait la fierté des siens. Sa vie, ce serait coudre et couper, couper et coudre. N'était-ce pas le rôle des fils de réaliser les rêves des pères, d'être les héros qu'ils auraient dû devenir si la vie s'était montrée plus juste ? Son avenir était tracé. Couper, coudre, coudre, couper…

La ruelle donnait sur une voie qui avait la largeur d'une avenue et le conduisit un peu plus loin devant la synagogue Tohorat Hakodesh, où son père allait d'ordinaire prier.

Roman accéléra le pas, enfonça sa chapka jusqu'aux yeux pour ne pas encourir le risque d'être reconnu par quelques fidèles. Au bout d'une cinquantaine de mètres, il entendit crier son nom. Il poursuivit sans se retourner. « Roman ! » fit à nouveau la voix, d'un ton de sommation. Il se résigna à s'arrêter et, se retournant, vit l'imposante silhouette du rabbin Abraham Ginzburg, vêtu de son caftan noir, son chapeau sur la tête, qui le regardait d'un air amical où se glissait une pointe de dureté austère.

— Que fais-tu ici à cette heure ? demanda l'homme.

Roman bredouilla une excuse, il n'y avait pas d'école, son professeur était malade.

— Gravement ? Comment se nomme-t-il ? s'inquiéta Ginzburg.

— Sander..., répondit Roman, d'un ton détaché, en regardant l'homme droit dans les yeux. Professeur Sander Bergstein.

Le nom sonnait bien à ses oreilles, « Sander Bergstein, le magicien..., Bergstein, l'enchanteur. » C'était la première fois qu'il mentait à un rabbin. Il aimait inventer des personnages, le professeur Aaron Altman avait créé une machine à remonter le temps, l'actrice Yvonne Duplessis-Delachantonnière était une beauté française qui avait tourné avec Charlie Chaplin. À la tête d'une petite armée, le comte Yvan Alexandrovitch Doubraskof avait défait les Tatars, Ting-Tsian-Ping, mage chinois de renom, était l'ami du sultan Muhmet II, tous deux étaient partis à la conquête de l'Asie Mineure.

— Sander Bergstein ? répéta le rabbin, semblant faire l'inventaire de la liste de tous ses administrés. Je ne connais personne de ce nom-là..., conclut-il, hochant la tête de dépit.

Roman, qui prenait goût à l'exercice, expliqua avec le plus grand aplomb que Bergstein était nouveau dans la ville. L'homme avait enseigné la mathématique à Cracovie, la philosophie à Lodz, le français à Minsk, mais son rêve de toujours était de vivre dans la Jérusalem de Lituanie.

— Rien ne vaut Wilno, il est vrai, souscrit Ginzburg sans sourciller. Je prierai pour le prompt rétablissement de ton professeur, ajouta-t-il machinalement, avant de reprendre, un soupçon d'inquiétude dans la voix : Mais, toi, tu erres seul dans les rues. Veux-tu étudier avec moi ?

Le garçon prétendit avoir été mandaté par sa mère pour aller chercher un rouleau de tissu, mission de la plus haute importance qui ne devait souffrir aucun retard.

— Je comprends, fit le rabbin, et je n'insiste pas.

L'enfant avait mystifié son rabbin, il se sentit dans la peau d'un escroc, il pourrait devenir bandit de grand chemin, prestidigitateur de haut vol – quand on réussit à duper un tel homme, détrousser la Banque de France est un jeu d'enfant. Et, comme Kacew ne sonnait pas comme un nom de guerre, il s'appellerait Stanislas Siegel, ferait la une des journaux : SIEGEL, LE PLUS GRAND DES VOLEURS ! STANISLAS LE MAGICIEN A ENCORE FRAPPÉ ! Sa mère serait fière de lui, elle rêvait tant qu'il soit célèbre, elle fermerait les yeux sur la manière ; l'essentiel était les gros titres, la fortune et la renommée. Il accumulerait les hauts faits, dépouillerait les descendants du tsar, cambriolerait le palais de Buckingham. Avec son butin, il ferait de Wilno la Rome antique. Il serait le bienfaiteur de la ville, amènerait le tout-à-l'égout, nettoierait les déchetteries du Vieux Marché, ferait construire des palais, les Polonais le nommeraient gouverneur, les Allemands lui confieraient un poste de ministre, on vivrait dans un château en Bavière. Papa, maman, Roman réunis, comme au bon vieux temps de l'enfance.

— Si je peux me permettre une dernière question avant de te laisser filer, reprit Ginzburg d'un air hésitant. Roman, est-ce que tu vas bien ? Ces dernières semaines, je te trouve un peu triste.

Roman se voulut rassurant.

— À ton âge, poursuivit le rabbin, en glissant un regard complice, il est normal que l'on s'interroge. Moi-même, il m'arrivait de trouver la vie difficile. Pas toi ?

Le garçon ne répondit rien. Il craignait de s'embarquer dans une discussion dont il ignorait l'issue et contestait l'utilité.

— Mais d'autres, heureusement, voient aussi la vie en rose, et c'est peut-être ton cas.

Le cœur lourd de tout ce qu'il venait de voir, mis en confiance par l'aménité du vieil homme, Roman finit par lâcher :

— En vérité, rabbin, je trouve la vie extrêmement rude.

L'homme le fixa un instant d'un regard où ne brillait pas la moindre malice. Il posa une main amicale sur l'épaule du garçon.

— C'est vrai que ça n'est pas facile, concéda-t-il, une pointe de tristesse dans la voix.

— Connaissez-vous Macha Weiter ? fit le garçon.

— Bien sûr, je la connais.

— Trouvez-vous normal qu'une jeune fille souffre autant ?

— Assurément, cela ne l'est pas.

— Savez-vous qui est Yankel Grunbaum ?

— Bien sûr, le fils du boucher...

— Si nous vivions hors du ghetto, il aurait poursuivi ses études. Il ne serait pas aussi violent.

— Tu as aussi raison sur ce point. Nous vivons misérablement.

— Je dois vous avouer aussi que je ne veux pas être fourreur, comme je l'ai promis à mon père.

— Tu prends peut-être tout trop à cœur. Tu es une âme trop sensible.

— Je dois vous avouer le plus terrible…

— Rien ne peut surprendre un rabbin.

— J'ai bien conscience que c'est un comble pour un juif et je m'en veux terriblement, mais je ne suis pas sûr de croire en Dieu… désolé, je ne ressens rien, pas le moindre souffle divin, pas la plus petite présence. Je suis un monstre, n'est-ce pas ?

— Ne sois pas trop sévère avec toi, rassura le vieil homme impassible.

— Peut-être qu'un golem a volé mon âme ?

— J'ai connu de pieux rabbins qui s'interrogeaient sur l'existence de Dieu.

— J'aimerais mettre en conformité mes actes avec mes pensées. Je ne veux plus me sentir coupable.

— Un homme bon se sent toujours coupable.

— J'ai honte, et j'ai peur d'être la honte des miens…

— La chose que j'aimerais te dire, sans rien chercher à t'imposer, c'est qu'il me semble que tes yeux sont aveugles aux bons côtés du judaïsme. Tu as vu l'effet des pogroms, des massacres, de la misère, et de l'errance et, j'en conviens, c'est beaucoup pour un petit jeune homme, mais il faudrait que tu distingues, dans cette nuit terrible, quelque chose de lumineux...

— De lumineux ?

— Les splendeurs que recèlent toutes les religions mais que nos sombres tourments t'ont peut-être empêché de discerner.

— Je n'ai jamais vu de grande clarté.

— Tu as toute ta vie pour voir. Moi, je ne peux rien te montrer qu'un monde de contraintes, de prières obligatoires, de règles à respecter, d'interdits et de lois – ne fais pas ceci, l'Éternel a dit que... Mais sache que la religion, ça n'est pas que cela. C'est une affaire d'homme, l'Éternel existe avant tout en toi, dans le souffle de ton âme plus que dans l'air que tu respires. C'est simplement une sorte d'espérance.

— Une espérance ?

— Une espérance, rien de plus, une simple espérance que rien ne peut atteindre, qui est immémoriale et qui se transmet, simplement, de génération en génération, au-delà de la religion, de la foi, de la pratique. Une espérance indestructible, heureuse, qui fait battre le cœur même aux pires moments de haine.

— Mais pourquoi nous hait-on ? Pourquoi y a-t-il des pogroms ?

— Cette question est vieille comme le monde, Roman. Chacun à un instant de son existence devra se la poser. Celui qui croit y échapper méconnaît son histoire ou s'illusionne quant à son avenir. Mais ce problème ne concerne pas que nous. Chaque Gentil s'y voit tout autant confronté. « Qu'est-ce donc qu'être juif ? » interpelle chacun sur la question de l'altérité, Roman. Chaque homme y répond selon sa nature. Il haïra s'il est homme à haïr, il tentera de comprendre s'il est homme de réflexion, il aimera s'il est homme de foi. Pour le reste, Roman, tu peux dormir en paix. Ni toi, ni moi, ni ton père ni ta mère ni tes aïeuls n'ont commis le moindre crime. Et puis ne perds pas trop de temps à t'interroger sur pourquoi on te hait. C'est donner trop de crédit à ceux qui te détestent. La seule question qui vaille est : « Pourquoi j'existe ? » Cette question, va en chercher la réponse partout, creuse au plus profond de toi, dans tes désirs et dans tes aspirations, dans l'étude ou dans la compagnie des hommes. Ne perds pas ton temps avec la question de la haine. Sache-le, Roman, nous avons la conscience tranquille.

Le rabbin s'interrompit puis demanda :

— Détestes-tu quelqu'un, toi ?

Le garçon fut surpris du sérieux avec lequel l'homme posait cette question, il se sentit encouragé à se délivrer du tourment étrange qui l'habitait.

— Je hais mon père ! lâcha-t-il, comme succombant à une folie soudaine.

Il regretta aussitôt ses paroles, ne comprenant pas comment il avait pu salir l'image de l'homme qu'il aimait le plus au monde, dont il espérait le retour, guettait les moindres témoignages d'affection. Comment de telles horreurs avaient-elles pu lui traverser l'esprit ? Il s'attendit à encourir les foudres du rabbin, n'aurait pas esquivé s'il avait reçu de sa main la correction méritée.

Le rabbin laissa passer un silence, en dévisageant le garçon d'un air où ne couvait aucune colère.

— La haine est une réaction extrême, fit le rabbin d'une voix douce, semblant peser chaque mot, considérant l'enfant avec sérieux et bienveillance, prenant en compte sa souffrance et s'adressant à l'adulte en devenir. La haine peut être l'expression d'une grande souffrance, mais elle renforce nos désespoirs, nous rend prisonniers du passé, fait de nous des spectateurs impuissants de nos actes. L'amour de nos proches est fait de sentiments contradictoires qu'il faut savoir admettre. Tu as le droit de haïr même ton père. Mais cette haine doit rapidement faire partie de tes plus mauvais souvenirs. Je suis sûr que tu te reproches déjà ces pensées.

Il les avait déplorées à l'instant où elles sortaient de ses lèvres.

— Toi, tu ne trahiras personne, Roman. Sans doute as-tu des raisons de penser de telles abominations. Peut-être que ton père ne s'est pas bien conduit à ton égard ni à l'égard de tes proches. Peut-être qu'il a failli à son devoir de père, à son devoir d'époux ou à son devoir d'homme. Nous ne sommes pas infaillibles, vois-tu... La chose que tu dois retenir, c'est que si ta haine perdure, même pour une raison qui te semble recevable, à la fin des fins, tu en auras oublié la cause et il ne restera dans ton cœur qu'un intarissable flot de rancune et d'hostilité. Si tu demeures muré dans son ressentiment, Roman, tu ne seras bientôt plus qu'une statue de violence hostile.

— Je ne veux pas me transformer en statue !

— Tu n'en prends pas le chemin. Allez, assez devisé ! File acheter ton rouleau de tissu, ou tu vas te faire gronder !

Le rabbin le salua et tourna les talons.

Le garçon sourit sur place, comblé par ce qu'il avait entendu autant que par ce qu'il avait su dire. Il ne se sentait plus dans la peau d'un monstre, bien qu'il eût exprimé les plus noirs sentiments qui aient jamais troublé son âme. Il reprit la route, le cœur léger, l'esprit plus libre.

Il aurait aimé changer d'air. Ne plus voir les mines tourmentées, les êtres en perdition qui courent derrière leur ombre, parlent avec leurs mains, hurlent des exhortations à tout-va, ces figures exaltées dont les yeux sondent fébrilement le ciel dans l'attente d'une catastrophe annoncée. Ne plus percevoir la tristesse infinie flottant sur les rues étroites et sales dans un grand entrelacs de douleurs et d'angoisses, sous des cieux désolés d'où montaient des cantiques de plaintes et d'espoirs insensés, dans ce pays abandonné du temps empreint de sortilèges, où les esprits égarés pensaient tutoyer Dieu en parlant aux étoiles.

Un nouveau monde s'offrait à lui, l'appelait, n'attendait que lui, présent de sages espérances, aussi étrange, grandiose et mystérieux qu'un rêve.

Il décida de quitter le ghetto et d'aller à la rencontre de la vraie vie.

2

Nina

Elle filait dans les rues, luttant contre l'essoufflement, le front en nage, appréhendant d'être en retard à son rendez-vous au Grand Hôtel de Wilno. Rasant les murs, forçant sur ses jambes, elle avait bien conscience de la vanité de son projet, de l'infime probabilité que le négociant en vin, ce Wocjek Bresinski, pût croire à l'histoire qu'elle allait lui raconter, fût assez stupide pour admettre la provenance et l'origine princière des breloques qui remplissaient son sac, être assez fou pour remettre la somme qu'elle réclamerait en échange de ces quelques bouts de verre dépoli.

Ces colifichets représentaient sa dernière chance d'échapper à la ruine. Son avenir reposait sur une grande entourloupe.

Le cœur battant, les tempes brûlantes, elle avançait avec ardeur dans le froid ténébreux, comme si la rue grise et morose sous un ciel bas et lourd, paysage mortel et trempé d'ennui, allait déboucher sur une contrée fabuleuse où elle pourrait connaître un bonheur fervent.

Le petit larcin qu'elle s'apprêtait à commettre n'était en vérité que la manière la plus juste de se venger de l'infortune de ses jours. L'argent récupéré la dédommagerait de toutes les épreuves que le sort lui avait infligées alors qu'elle n'était coupable de rien. Quelle autre solution que la ruse ou la manœuvre les gens de sa condition avaient-ils pour s'en sortir ? La vie était une loterie dont elle avait tiré tous les mauvais numéros, un jeu de hasard dont les règles étaient déjà écrites, les gagnants désignés d'avance : les uns remportaient les soupers dans les assiettes en faïence de Delft et les verres en cristal alors qu'elle avait droit aux pots cassés. Son stratagème immoral, mensonge longuement mûri, n'était qu'une compensation minuscule, l'impôt prélevé sur le malheur.

Pas après pas, elle répétait son texte, se félicitait de l'avoir déjà par deux fois récité devant les amis de Roman. Elle le connaissait désormais par cœur, les mots lui fondaient dans la bouche, *diamants éternels, collier de saphirs, rubis du Kenya, joyaux de la couronne, cou d'opaline de la Tsarine, cette montre a donné l'heure au Tsar...* Elle avait éprouvé les failles et les points forts de son discours, savait désormais où mettre l'accent dans sa tirade, où ménager ses suspenses dans le long monologue, à quel moment de sa grande scène s'interrompre, quand se laisser aller à une pointe de lyrisme – le lyrisme avait toujours été son point fort. Au Grand Hôtel de Wilno, elle allait jouer le rôle de sa vie.

Ces babioles faisant des bruits de grelots au fond de son sac brilleraient bientôt au firmament du ciel de Pologne. L'actrice Nina Kacew transformerait le toc en or.

Après quoi elle pourrait se rendre, soulagée, heureuse, à son rendez-vous chez Maître Fedelman, qui réclamait sa venue depuis des semaines. Et elle préférait croire que c'était pour lui réclamer de l'argent destiné à ses créanciers plutôt que pour lui annoncer la mise en liquidation de sa boutique. Elle imaginait la surprise de Fedelman lorsqu'il la verrait entrer dans son cabinet et étaler sur son bureau une liasse de billets de 100 zlotys.

Sa détresse était si grande, son besoin d'argent si impérieux qu'elle ne parvenait pas à envisager l'échec de son entreprise. Et quand bien même n'y aurait-il qu'une seule chance que Wocjek Bresinski, ébloui par son jeu, étourdi par ses paroles, aveuglé par sa ferveur et troublé par les vestiges de son charme, contemple soudain ses breloques comme si elles avaient l'éclat d'un diamant noir, il fallait la tenter.

À chaque coin de rue elle croisait des hommes pieux, à la longue barbe noire, vêtus de caftan, qui distinguaient dans chaque élément du monde un signe des cieux. Elle n'était pas plus folle que tous ces gens. Quand eux croyaient en Dieu, elle croyait au destin.

Plus jeune, on lui avait dit qu'elle avait du talent, la vie s'était chargée de dissiper ses rêves. Son mari n'avait jamais cru en elle, l'avait toujours découragée. Arieh avait ruiné sa vocation. Et maintenant, il allait perpétrer ses crimes avec une autre. Finalement, elle plaignait Frida.

Elle pressa encore le pas. Elle s'était imaginée attendant son mécène en haut des escaliers de l'hôtel pour pouvoir le dominer de la tête et des épaules. Quand il lèverait les yeux vers elle, elle lui ferait un grand sourire, un de ceux qui avaient fait chavirer le cœur de deux hommes. Son sourire était resté intact.

Quand Bresinski parviendrait à sa hauteur, elle lui tendrait son poignet afin de recevoir un baisemain de sa part. Elle avait enfilé ses derniers bracelets. Tout en marchant, elle les fit tinter à ses oreilles. Quel doux bruit cela faisait. Après quoi elle se présenterait : Nina de Kacew, russe par sa mère, polonaise par son père, allemande par tradition et française de cœur. Bresinski aurait toute la grande Europe face à lui !

Alors qu'elle s'apprêtait à quitter les rues du ghetto, elle aperçut sur le trottoir d'en face ce fou d'Ephraïm Chlomovitz, le bonimenteur du

Vieux Marché. Pas lui ! songea-t-elle, et elle fit semblant de ne pas le voir.

Il la héla d'une voix forte, hurla cinq fois : « Nina », traversa la route et s'interposa devant elle.

— Laisse-moi passer, je suis pressée !

— Tu es toujours pressée, Nina, c'est ce que j'aime en toi ! Mais laisse-moi te dire que j'ai vu ton mari hier.

— Moi aussi, je l'ai vu, dit-elle en jetant sur lui un regard désolé, espérant lui faire comprendre qu'il perdait son temps.

— Je lui ai fait la plus belle proposition financière de ce bas monde ! annonça-t-il, les yeux brillant d'orgueil. Et il a eu le culot de la refuser !

— Tant pis pour lui et adieu, Ephraïm ! fit-elle.

— Je lui ai signifié ma manière de penser, insista Chlomovitz en faisant barrage de son corps.

— Tout le monde se moque de ta manière de penser ! cria-t-elle en le poussant du coude pour se frayer un passage.

— Je lui ai également rappelé que je m'étais confié à toi, que nous avions sérieusement évoqué l'avenir, dit-il en la tenant par le bras.

— Nous n'évoquons rien ensemble, Chlomovitz. Tu parles, je subis, nuance ! Et maintenant, lâche-moi !

— Comme tu es fière, et orgueilleuse, je t'adore !

— Et moi, je te déteste, laisse-moi, j'ai rendez-vous, supplia-t-elle au bord de la crise de nerfs.

— Puisque c'est ainsi, Nina, mon cœur brisé, ma déception, ne rêvons plus à nos amours, parlons affaire. Je m'adresse à l'entrepreneuse de Maison Nouvelle, à la femme la plus audacieuse et la plus intrépide de la ville : Nina, aurais-tu dans ta boutique une petite place pour quelques marchandises. Trois fois rien. Des lots de harengs. Pour toi, ce sera deux tonnes.

Elle le contourna et marcha droit devant, comme s'il n'existait pas. Il renonça à la retenir, la laissa poursuivre son chemin.

— Tu perds la chance de ta vie ! entendit-elle crier dans son dos. Elle le maudit pour les précieuses secondes qu'il lui avait fait perdre.

Au terme d'un long moment de marche dans la ville se dessina enfin la façade du Grand Hôtel. Le bâtiment fastueux lui rappelait de loin les photographies de l'Opéra de Vienne. Sur son perron de pierre s'élevaient quatre colonnes de marbre, deux candélabres en bronze. Au sommet d'une volée de marches, on pénétrait à l'intérieur par une arcade au fronton de laquelle se dressait la statue d'un aigle royal, emblème de la nation. Ce matin, je me sens polonaise, murmura Nina pour elle-même. Et elle entendit résonner les premiers accords de la *Grande Valse brillante*, serra son sac de breloques contre sa poitrine. C'était comme si elle tenait enfin son destin entre ses mains.

Arrivée devant l'établissement, elle leva les yeux vers l'arcade : Wocjek Bresinski l'attendait en haut des marches.

Sans jamais l'avoir vue, il sembla la reconnaître au premier coup d'œil. Il pointa l'index en sa direction pour lui signifier qu'il l'attendait à l'intérieur et pénétra dans le hall avant qu'elle ait fini de gravir les marches. Elle perdit quelques secondes à l'entrée parce qu'elle hésitait à s'engager dans la porte tournante. Des gens sortaient sans cesse sans la voir. Le tourniquet allait trop vite, elle démarrait toujours trop tard. Elle crut déceler un sourire narquois sur le visage d'un des grooms. Finalement, elle se lança.

Le hall était gigantesque. Sur un grand tapis aux couleurs vives et brodé de dorures, des divans de velours rouge accueillaient les clients fatigués par leur voyage. Après le hall venait l'immense salle d'un restaurant où s'agitait un ballet de serveurs et étaient attablés des hommes d'affaires fumant leur cigare, des élégantes agitant leur éventail, de vieilles dames bavardes, des jeunes couples ensommeillés semblant tout droit sortis de leur nuit de noces. Sur chaque coin de table étaient disposés des vases remplis de fleurs coupées dont le parfum embaumait la salle tandis que la musique d'un grand piano noir venait compléter ce tableau enchanteur. L'atmosphère était calme, plaisante et délicieuse, et il régnait dans l'air comme une forme de paix. Tout semblait orchestré pour combler les attentes des visiteurs. C'était un autre monde.

Elle chercha Bresinski du regard, le trouva déjà assis à une grande table qui occupait un coin du restaurant. Elle ralentit le pas, se redressa, prit un air altier, vint à sa hauteur, lui tendit son poignet. Il lui serra la main si fort qu'elle réprima un cri de douleur.

— Enchantée, je suis Nina de Kacew. La particule est française.

— Je n'aime pas les Français, répondit froidement l'homme. Ils ne viennent à notre secours que lorsque cela les arrange. Assez parlé politique, montrez-moi les bijoux !

Elle déballa la marchandise de son sac sur l'immense surface en bois d'acajou astiquée de fraîche date, éclairée par un somptueux lustre à pendeloques descendant du plafond à hauteur d'homme et dont les innombrables cristaux brillant dans la pièce comme un second soleil faisaient ressortir par contraste le pathétique et le grotesque des breloques qu'elle proposait à son acheteur.

Pour faire oublier l'impression désastreuse que pouvaient laisser ses babioles, elle s'embarqua aussitôt dans un discours enflammé, d'une voix portant tous ses espoirs et dont les accents empreints d'un lyrisme exalté étaient plus habités que si elle avait joué devant le Théâtre national de Moscou. Elle tenait là le plus poignant de ses rôles, puisait au fond d'elle-même enthousiasme et sincérité. Cherchant à recréer, sous les yeux de son unique spectateur, toute la cour du tsar censée avoir porté ses colifichets, elle joua à elle seule le Grand-Duc, l'Empereur, Raspoutine et la Tsarine. Et, tout en énumérant les merveilleux atouts de ses ornements de pacotille, elle guettait les réactions de l'homme, à l'affût de la moindre émotion.

Bresinski la dévisageait, impassible et flegmatique. Tandis qu'elle mimait le Grand-Duc recevant son insigne, il se mit à tapoter sur la table d'un air un peu absent. Quand elle en vint à Raspoutine passant une bague à son doigt, il héla le maître d'hôtel, lui demanda à boire, ainsi qu'une serviette. Comme elle s'était interrompue pendant que la commande était prise, Bresinski lui fit signe de poursuivre d'un geste d'agacement. Après quoi il embrassa la salle du regard, semblant chercher un visage familier. Elle était en train de jouer la Tsarine recevant son précieux collier quand il salua d'un geste quelqu'un à l'autre bout de la salle.

Avec l'énergie du désespoir, elle finit par évoquer la dernière heure du Tsar regardant sa montre. Bresinski se moucha bruyamment dans sa serviette. Quand elle eut prononcé son ultime phrase, il laissa passer un temps, l'observa fixement, le regard noir, l'air sévère. Puis il déclara :

— Alors, ce qu'on m'avait dit est vrai, vous êtes la plus folle et la plus effrontée des menteuses de Wilno. Allez-vous faire soigner, madame !

Puis il se leva et quitta les lieux.

Stupéfaite, sous le choc, elle ferma les paupières, respira profondément le mélange de parfum de fleurs et d'odeur de cigare qui flottait dans l'air, tenta de s'abstraire du monde qui l'entourait afin de rassembler ses esprits et de se ressaisir, cherchant à se persuader que rien de grave n'était advenu. Un inconnu s'était comporté en goujat avec elle, voilà tout, pas de quoi se mettre dans tous ses états. Mais rien ne parvenait à apaiser son sentiment de honte, pas plus qu'à refréner le léger tremblement qui agitait ses doigts.

Elle eut soudain l'impression que tous les clients de l'hôtel avaient les yeux fixés sur elle. Elle remarqua un homme à deux tables voisines qui semblait la désigner du doigt à sa compagne. Au milieu de la salle, deux femmes, le visage à demi caché par une voilette, riaient d'elle à gorge déployée. Près du mur, une vieille femme avait le nez dans sa tasse de thé pour éviter de la regarder en face. Devant la fenêtre, un vieux monsieur sérieux et portant un monocle faisait semblant de lire son journal. Un homme avec une canne passa à deux pas d'elle marmonnant quelque chose dans sa barbe. Je deviens folle, songea-t-elle.

Le maître d'hôtel vint lui demander de régler l'addition. Elle chercha un billet au fond de son sac. L'homme réclama le prix de la serviette. Elle fouilla à nouveau, tendit un autre billet. Après lui avoir rendu la monnaie, l'homme lui enjoignit de ramasser ses affaires. Il baissa la tête pour lui murmurer à l'oreille de ne plus jamais remettre les pieds au Grand Hôtel de Wilno.

Elle rangea ses babioles avec l'empressement que l'on met à balayer la poussière avant l'arrivée imminente d'un invité. Elle traversa le hall d'un pas lourd, cherchant sur les visages de ceux qu'elle croisait une consolation à son épreuve. Elle ne trouva pas une lueur de réconfort.

À la porte, un groom la salua d'un geste poli de la tête et lui souhaita une bonne journée. Elle tendit son sac au garçon. Il ouvrit de grands yeux, prit un air surpris, bafouilla un merci.

— Ne me remerciez pas, dit-elle, ça ne vaut pas grand-chose

— C'est l'intention qui compte, répondit-il.

— Non, l'intention ne vaut rien, croyez-moi, mon garçon, dit-elle en prenant le chemin de la sortie.

Au bas des marches, son sentiment d'indignité se dissipa aussi vite qu'il s'était installé. Après tout, elle n'était en rien fautive. Elle regrettait simplement d'avoir échoué, de ne pas avoir su assez bien mentir, ni capter l'attention de son unique spectateur. Finalement, elle n'était pas si bonne comédienne.

Au coin de la rue, une femme sortant d'une voiture de luxe attira son attention. C'était la première fois qu'elle croisait une femme vêtue d'un pantalon depuis son voyage à Berlin. Sur son pantalon noir et évasé aux chevilles, elle portait un manteau de satin très cintré, était coiffée d'un chapeau canotier en tweed sombre orné d'un galon de laine blanc et avait aux pieds des bottines en cuir. Elle était d'une élégance rare. Nina la suivit un instant du regard puis lui emboîta le pas sans vraiment réfléchir à ce qu'elle faisait. Tout en marchant quelques pas derrière elle, elle se prit à rêver. Au lieu de fabriquer des chapeaux dont plus personne ne voulait, pourquoi ne pas confectionner des pantalons pour dames et en lancer la mode à Wilno ? Elle se laissa conduire dans la rue par ce corps si libre de ses mouvements, le joyeux déhanchement de ses fesses battant comme un pendule. Elle voyait le nom de sa boutique : la Maison du pantalon, imaginait les clientes essayant ses modèles, leurs mains dans les poches, le buste droit, femmes libres d'un nouveau genre. Elle vit en pensée un défilé de mannequins qui porteraient ses créations devant un public trié sur le volet, entendit des salves d'applaudissements, des bravos et des compliments pour la simplicité de ses coupes, l'audace des formes qu'elle avait choisies. Elle croulait sous les promesses d'achat.

La femme au pantalon disparut au milieu d'une foule de badauds. Nina se demanda si elle connaissait un seul homme à Wilno qui accepterait de voir son épouse ainsi vêtue, la beauté de son corps exposée aux yeux de tous. La réponse était non. Elle remisa ses rêves de pantalons pour dames au vestiaire poussiéreux de ses grandes chimères et reprit son chemin.

Gravissant les escaliers du cabinet de Maître Fedelman, elle se demandait s'il n'aurait pas été préférable d'ajourner ce rendez-vous comme elle le faisait depuis des semaines, quitte à perdre celui qui demeurait son seul allié dans son combat contre la faillite de la boutique Maison Nouvelle.

L'affaire du Grand Hôtel lui semblait déjà loin. À peine se souvenait-elle de s'être couverte de ridicule, d'avoir risqué l'expulsion, d'être devenue en un instant persona non grata dans un des lieux les plus courus de la ville. Ainsi était sa vie. Un enchaînement de grandes catastrophes et de tragédies minuscules, l'une chassant l'autre. Et elle s'était si bien habituée à ce manège qu'il lui semblait être étrangère à son propre destin. Il lui paraissait dans l'ordre des choses d'emprunter tous les chemins la menant à sa perte, de porter pierre après pierre les décombres de sa vie. Elle en venait à se demander s'il en était ainsi pour tous, si chacun était conduit à creuser pareillement sa tombe. Était-elle la seule qui opérait les mauvais choix, entre deux maux optait constamment pour le pire ? Quand elle comparait ses jours à ceux de ses congénères, elle avait le sentiment qu'ils se débrouillaient mieux qu'elle.

Ce n'est sans doute qu'une impression, se dit-elle, s'efforçant de retrouver un peu de sagesse. Peut-être toutes ces épreuves avaient-elles leur logique propre. Elle trouverait bien une forme de morale, un savant usage du malheur qui échapperait à l'entendement, rendrait la douleur salutaire. Peut-être devait-elle souffrir pour que son fils ne souffre pas. Plus tard, Roman récolterait les fruits qui avaient été défendus à sa mère. C'était un prêté pour un rendu.

Sur le pas de la porte, elle appuya sur la sonnette et, comme il était recommandé à la clientèle du cabinet de le faire, tourna la poignée et alla s'asseoir dans une petite salle, vide ce matin-là, pour attendre son tour.

Depuis plusieurs semaines, Maître Fedelman lui adressait à son domicile des lettres de plus en plus insistantes l'appelant à venir consulter. La semaine passée, il avait envoyé son commis en personne. Le jeune homme lui avait remis une mise en demeure explicite : en cas de non-présentation dans les plus brefs délais Maître Fedelman mettrait fin à leur collaboration. La lettre laissait entendre par ailleurs que Nina aurait quelque difficulté à trouver un autre homme de loi acceptant de se faire payer ses honoraires en chapeaux pour dames.

Elle avait lu la lettre sous les yeux du commis. Rendue furieuse par l'oukase, elle avait demandé au jeune homme si Maître Fedelman lui faisait du chantage.

« *Je ne lis pas les courriers*, avait-il répondu. *Je ne suis que commis premier échelon, madame.* »

Elle lui avait demandé son prénom. Il s'appelait Marek.

« *Marek, quelles sont pour toi les principales qualités d'un commis ?* »

Il avait dressé la liste des aptitudes requises pour être le parfait employé. La fonction requérait obéissance, ponctualité, sérieux. Mais le point le plus essentiel était de ne jamais déroger à la règle.

« *Marek*, avait-elle repris, *à quel échelon du statut de commis penses-tu parvenir ?*

— Il n'y a qu'un seul échelon, madame. Ensuite, on passe à préposé. Et il me semble qu'un préposé peut donner son avis dans certaines circonstances. »

Elle s'était inquiétée de savoir si son ambition se limitait à devenir préposé.

« *Je n'ai pas d'ambition, madame.*

— Tu n'ambitionnes rien du tout, mais... tu rêves parfois ?

— La nuit, cela m'arrive.

— Et à quoi rêves-tu ?

— Dans mes rêves, je chante.

— Tu chantes dans tes rêves ?

— Ma chanson préférée est Le Nègre violet[1].

— Je la connais aussi ! » s'était-elle enthousiasmée.

Et comme la chanson la ramenait au temps lointain de son bonheur, elle s'était mise à fredonner, d'un air nostalgique et songeur :

« *Où êtes-vous désormais ? Qui vous baise les doigts ?*

Où est donc parti Li, votre petit Chinois ? »

Il avait repris d'une voix d'or :

« *Vous avez ensuite, je crois, aimé un Portugais,*

À moins que vous n'ayez filé avec un Malais ? »

1. Chanson qui fut chantée par Anna Prucnal aux obsèques de Romain Gary.

Il chantait merveilleusement. Elle l'avait supplié de poursuivre.

« *Il me semble que je suis déjà allé trop loin pour mon rang.*

— *Marek, comme je te plains*, s'était-elle lamentée, avant de reprendre : *accepterais-tu comme un service de jeter un coup d'œil à mon appartement pour rapporter un état des lieux à ton Maître Fedelman ?* »

Il avait hésité, puis avait consenti à passer la tête dans l'encadrement de la porte. Quand il eut accepté de s'asseoir sur une chaise, elle avait demandé :

« *Que vois-tu, Marek ?*

— *Rien.*

— *Non, Marek, tu ne vois pas rien, tu vois le vide.*

— *Quelle est la différence entre rien et le vide ?*

— *Le rien, c'est quand on débute dans l'existence. Le vide, c'est quand on n'a plus rien.* »

Il avait esquissé un mouvement d'assentiment.

« *Puisque tu es là, veux-tu boire quelque chose ?*

— *Si Maître Fedelman l'apprenait...*

— *On ne vit qu'une fois, Marek, et Maître Fedelman le sait bien.*

— *Un verre de vodka, est-ce trop demander ?* s'enquit-il, soudain plus téméraire.

— Demande toujours, Marek, la vie se charge elle-même de refuser nos requêtes.

— Alors, d'accord pour une vodka, madame ! »

Une heure plus tard, lorsque Roman était rentré, il avait surpris Nina et Marek assis par terre en train de chanter à tue-tête. Une fois passé l'instant de surprise, le garçon n'avait pu réprimer une moue de jalousie. Refusant de participer à la fête, il s'était retiré dans sa chambre.

Elle jeta un coup d'œil sur la pendule. Fedelman passait les bornes. Elle avait toujours nourri des sentiments contradictoires à son égard. Elle lui était bien sûr reconnaissante de lutter pied à pied avec les créanciers et les banques et de réussir, par sa faconde, son esprit d'analyse et son habileté, à repousser mois après mois la liquidation de Maison Nouvelle, à lui offrir une succession de sursis, même si nul n'était dupe du caractère un peu vain de ce combat. Elle admirait ce mélange d'opiniâtreté et de rouerie avec lequel il parvenait sans cesse à retarder les échéances. Mais les choses avaient changé depuis qu'elle avait découvert que les chapeaux livrés à Fedelman en échange de ses vaillants services n'atterrissaient jamais sur la tête d'Eva, son épouse, une femme qu'elle connaissait et pour laquelle elle avait le plus grand respect. Ses modèles paraient la chevelure d'une flopée de maîtresses. Quittant le cabinet, Nina se sentait aussi sale et cupide que si elle avait elle-même accepté de coucher avec Fedelman pour se payer ses services.

Le comble avait été atteint plusieurs mois auparavant, quand elle avait vu Maître Fedelman sortir de son bureau aux côtés d'une jeune femme portant un de ses chapeaux. Observant la scène qui se jouait sous ses yeux entre les deux amants, leurs rires entendus, leurs gloussements grotesques, elle avait imaginé Arieh et Frida au temps de leurs premières rencontres et s'était demandé si, comme la pimbêche qui se pavanait sous ses yeux, Frida avait rencontré clandestinement Arieh à l'atelier de fourrures Kacew Père et Fils sous le prétexte d'essayer quelque cuir. Les hommes me révulsent, avait-elle conclu, et les femmes ne valent pas mieux.

La porte du bureau s'ouvrit dans un long grincement et Fedelman en sortit, suivi de son client, l'air sombre et un peu absent de celui qui vient de perdre une bataille. Elle se dit que ce serait bientôt son tour.

Tandis que Fedelman raccompagnait l'homme, elle se promit de faire bonne figure lorsque pareille mésaventure lui arriverait. Elle tenait à son honneur plus qu'à sa fortune.

Sur le pas de la porte, Fedelman laissa tomber, de sa voix grave et chaude :

— Avner, cela ne pouvait pas durer éternellement.

Fedelman étreignit son client contre son épaule.

— Il faut se dire que c'est mieux ainsi, lâcha-t-il, avant de lancer un adieu et de refermer la porte derrière lui, doucement, sans la claquer, avec le plus grand tact.

Quand il se retourna, il avait changé de visage. Avec un air joyeux, presque hilare, il fonça vers Nina.

— Enfin, vous ! Quel bonheur, quel honneur ! Madame Kacew est dans nos murs ! Madame de Kacew, devrais-je dire ?

Elle le regarda sans comprendre.

— Savez-vous que, pas plus tard qu'hier, un homme est venu chercher des renseignements sur vous, un dénommé…

— Wocjek Bresinski.

— Comment avez-vous deviné ?

— L'instinct féminin, répondit-elle.

Il marqua un temps d'incompréhension, après quoi il s'écria gaiement :

— À nous deux ! tout en lui indiquant son bureau.

Il s'installa face à elle, alluma un cigare, en savoura quelques bouffées en veillant à ne pas lui envoyer la fumée au visage. Puis il posa le cigare sur le cendrier, laissa tomber le masque d'enjouement adopté jusque-là et, avec un air de gravité soudaine, asséna :

— C'est la fin, Nina, la faillite définitive.

Elle avait beau attendre la sentence depuis des mois, elle ne put qu'accuser le coup, resta un moment hagarde avant de pouvoir prononcer un mot.

— Et la proposition d'Itzhak Perek ? finit-elle par répliquer, d'une voix plus vibrante qu'elle ne l'aurait souhaité, faisant référence à l'unique prétendant à la reprise qui se fût présenté en un an.

— Perek ? soupira Fedelman. Voilà six mois qu'il s'est désisté. Je n'avais pas voulu vous l'annoncer par crainte de décevoir vos derniers espoirs. Je n'aime pas quand vous êtes triste.

— Et à part Perek ? lâcha-t-elle d'un filet de voix.

— Ma pauvre Nina, à part Perek, il n'y a personne, et vous le savez bien.

Elle demeura hébétée quelques secondes, puis reprit ses esprits pour déclarer :

— C'est terminé, n'est-ce pas ?

Fedelman acquiesça d'un hochement de tête. Il désigna la pile de factures au nom de Maison nouvelle puis lâcha :

— Cela ne pouvait durer éternellement, Nina.

Ce fut comme si l'immeuble du 16, rue Grande-Pohulanka s'effondrait sur sa tête.

— Vous avez raison, lâcha-t-elle, sans réellement prendre conscience de ce qu'elle disait. Peut-être que tout cela n'a que trop duré…

— Ne soyez pas triste, reprit Fedelman d'un ton réconfortant. Il faut savoir tourner la page, se dire que c'est mieux ainsi.

Puis, retrouvant subitement un air jovial, il s'exclama :

— Allez, vous en monterez une autre de boutique, Nina !

Elle ravala sa salive, s'évertua à contenir les sanglots qu'elle sentait monter dans sa gorge, se força à un sourire en lançant :

— Oh, j'en créerais même deux ou trois autres !

Il prit une mine ravie, comme s'il était soulagé que les choses se passent si bien.

— Ah, je vous reconnais bien là, Nina ! Toujours cette énergie, cet optimisme, cette force ! déclara-t-il, ayant retrouvé toute sa fougue.

Après quoi, comme si la messe était dite, il se leva de sa chaise, pria Nina de le suivre vers la sortie sur le ton poli mais ferme de celui qui veut s'épargner des moments difficiles.

Sur le pas de la porte, l'air sombre et embarrassé, il lui tendit la main. Tandis que Nina s'apprêtait à partir, il la regarda droit dans les yeux et lâcha dans un soupir :

— C'est dommage, tout de même, de si jolis chapeaux…

3

Roman

Il avançait sur une grande avenue plantée d'arbres, bordée de maisons hautes comme des palais, sur l'asphalte duquel roulaient des fiacres et des automobiles. De belles dames d'une élégance travaillée au bras de beaux messieurs sérieux traversaient ces allées avec une telle grâce qu'on aurait dit qu'elles volaient. Il se sentit quelqu'un d'autre, il lui semblait avoir changé. Les êtres qu'il croisait n'avaient plus les mêmes visages. Les gens marchaient d'un pas tranquille, ne couraient derrière rien. Un vent de liberté soufflait partout dans l'air. Il savait dorénavant où le bonheur se cache.

Ça n'était évidemment pas la première fois qu'il venait de ce côté de la ville, mais il ne s'y était jamais promené seul à cette heure du jour. Dans son costume sombre et ses souliers vernis, il se sentit proche de ceux qui marchaient à ses côtés, ces hommes étaient ses semblables, ses frères humains. Il avait l'impression que le malheur n'avait jamais rôdé au-dessus des pavés, que le sang n'avait pas entaché les murs des maisons. Il respirait à pleins poumons l'air balayant le trottoir. Les dômes des églises resplendissaient d'éclats, les croix se dressaient en un appel au ciel. Il embrassait ce monde, il y était chez lui. Les façades prenaient des couleurs, jaunes, vertes, roses. Tout était illuminé.

Il ne se sentit plus seul ni perdu dans ce monde empli de joie calme et sereine, de silences enchantés, d'espoirs insensés.

— Eh !... Toi !... Beau jeune homme... ! entendit-il.

C'était la première fois qu'on l'appelait ainsi. Il était réellement devenu quelqu'un d'autre, cette marche dans la ville l'avait transformé.

— Retourne-toi, charmant garçon !

Charmant garçon, maintenant ! Quel merveilleux pays, quelle ville inoubliable, bruissant de promesses et avide de joies.

— Splendeur de Barcelone, Amérique incarnée ! Beau visage de marbre, comment t'appelles-tu ?

C'était une femme d'âge mûr, à la peau mate, aux yeux noirs, vêtue à la tzigane, une Bohémienne enveloppée de foulards et de voiles. Elle lui tira le bras.

— Je m'appelle Roman, Roman Kacew.

— Roman, quel prénom admirable. Kacew, quel nom princier ! Viens dans mon échoppe, mon roi, j'ai là un cadeau pour toi.

— Je n'ai besoin de rien.

— Ce que j'ai à t'offrir, les plus grands hommes de la ville supplient pour l'avoir.

Elle s'interrompit puis murmura :

— Je vends ce que nul ne peut acheter, le bien le plus précieux qu'on peut avoir sur terre.

— L'amour ? osa-t-il, tout fiévreux d'impatience.

— L'avenir ! corrigea-t-elle. Depuis la nuit des temps les hommes se damnent pour le connaître, ouvrent les entrailles des bêtes, scrutent le ciel. Moi, je te l'annoncerai d'un simple regard dans la paume de ta main !

— Je connais mon futur, répondit le garçon. Il se trouve au premier étage du 6 de la Deutsche Gas, dans l'atelier Kacew Père et Fils.

— L'avenir n'est jamais là où on l'attend, crois-en mon expérience. Allez, viens donc, mon prince ! lui dit-elle en le tirant par le coude. Combien as-tu d'argent sur toi ?

— Pas assez pour me payer l'avenir.

— Vérifie dans tes poches !

Il fouilla et sortit deux billets, l'argent que lui avait donné sa mère pour les courses.

— Cela suffira, dit-elle, saisissant les billets dans la main du garçon, les glissant dans sa robe.

— Et la monnaie sur mon argent ?

— Le destin ne rend jamais la monnaie.

Elle l'entraîna par la manche. Que risquait-il à la suivre ?

Le garçon se laissa conduire à travers une succession de rues et de passages et, pour se donner du courage, tenta de se convaincre qu'il était en train de marcher vers son avenir.

Au terme d'une longue course, la femme s'immobilisa devant une boutique.

— Nous voilà arrivés, dit-elle, poussant la porte.

Un mélange de vapeurs d'encens et de senteurs d'ambre flottait dans la pièce. Partout aux murs étaient accrochés de grands miroirs. Roman croisa son visage dans l'un d'eux, il se trouva l'air inquiet, le teint pâle.

— Ne crains rien, le rassura la Bohémienne, comme si elle lisait dans ses pensées. Assieds-toi, ajouta-t-elle en désignant de la main une chaise autour de la table.

Il prit place sans rien dire. Il se sentait enchaîné là par un charme, dans l'air régnaient des prodiges. D'innombrables objets occupaient la pièce, une main de Fatima dorée, un globe terrestre, des bougies la plupart allumées, un crucifix, une lanterne rouge, une image de la Vierge. Chacun semblait avoir une fonction précise, une implication secrète dans le mystérieux dispositif mis en place autour du garçon. Il n'aurait pas été surpris si le chat allongé de tout son long sur le sofa face à lui s'était mis à lui parler. Il imaginait que la table et le lustre pouvaient à tout moment se mettre en mouvement.

— Voyons voir…, murmura la Bohémienne, une fois assise.

Elle fixa le garçon au fond des yeux aussi intensément que si elle cherchait à sonder son âme. Il détourna la tête.

— Regarde-moi ! ordonna-t-elle.

Il consentit à ce qu'elle l'examine, scrute longuement sa figure comme un peintre traque les ombres et lumières du visage de son modèle. Il s'adonnait à l'exercice persuadé qu'en dépit de ce que prétendait cette femme nulle part l'avenir n'était écrit, pas plus dans les cartes que dans les entrailles des moutons.

Mais l'atmosphère étrange du lieu, le jeu auquel se prêtait la vieille femme le portaient à réfléchir à son futur. Il aurait aimé, une fois devenu un homme, habiter au 33 ou au 56 de l'avenue Mickiewicz, un bel appartement de quatre pièces, haut de plafond, avec vue sur un jardin planté d'arbustes et de fleurs. Il serait marié avec Ethel Susjinski, aurait trois enfants, une fille et deux garçons, l'aîné s'appellerait Joseph, comme le veut la tradition lorsqu'on perd un proche. Ils iraient en voyage chaque mois à Varsovie, avec Ethel et les enfants. Une fois l'an, ils feraient un grand voyage en Italie. Il s'imaginait vieux, entouré de petits-enfants, amoureux et fidèle à une femme toute sa vie durant. Il ne ferait pas comme avaient fait ses parents, déchirés chaque jour, du matin jusqu'au soir. Il aspirait au plus grand calme. Il ne supportait pas le mouvement et les cris. Il pouvait rester des heures à regarder les flots de la Vilnia.

Mais son plus grand souhait serait d'être d'humeur égale. Il espérait ne pas avoir pris des gènes de sa mère en la matière, redoutait d'être comme elle à son âge, dévasté de chagrin pour un verre fêlé, sautant comme une puce pour un rayon de lune. Il pouvait tout prendre d'elle, mais pas sa mélancolie, ses accès de détresse, ses folles joies soudaines.

Il ne rêvait d'aucun des grands destins que lui promettait Nina. Un grand destin ne mène à rien. Il préférait en avoir un tout-petit qui marcherait à petits pas vers un petit bonheur. Mais si le sort en décidait autrement, tant pis. Il se plierait à ce qui avait été convenu entre Dieu et sa mère.

— Montre-moi ta main gauche ! exigea la vieille femme.

Il obtempéra et elle plongea dans un profond silence en contemplant sa paume, suivit du doigt les lignes de sa main, en remonta le tracé. Après quoi elle se saisit d'un paquet de cartes, les étala sur la table en les retournant, gratifiant chacune d'un long instant de réflexion. Puis elle déclara d'un ton froid et d'un air impassible :

— Je vois des jours terribles.

— Terribles ?

— Je vois la mort...

— La mort !

— La mort qui fauche autour de toi. Partout, sans cesse, une mort immense et brutale, comme je n'ai jamais vu la mort.

— Je dois mourir ?

— Là où je vois, tu ne meurs pas.

— Que vient faire la mort, alors ?

— Elle prend ton entourage.

— Mon entourage est bien vivant ! Qu'est-ce que tu vois pour moi ?

— Je vois de la lumière.

— De la lumière ?

— Une immense lumière, presque aussi grande que la mort.

— Je ne comprends rien à ce que tu dis ! Tu es une sorcière ! Une affreuse sorcière !

Il se précipita vers la porte, et s'enfuit au-dehors, décampa aussi vite que ses jambes le lui permettaient, tout en se répétant pour lui-même : « Tête de Lumière toi-même ! Tête de Mort toi-même ! » Il courait à en perdre haleine, aussi rapidement que s'il avait eu le diable à ses trousses, pourchassé par ses yeux, poursuivi par ses paroles. Il parcourut un dédale de rues, traversa trois cours, deux avenues, effaré par ce qu'il venait d'entendre, s'efforçant d'oublier les paroles de la vieille folle, ses prévisions funestes. Il n'y a rien de pire que d'avoir son avenir derrière soi.

Bientôt il aperçut au loin la rivière Vilnia, se retourna pour s'assurer qu'il n'avait pas été suivi et put enfin ralentir le pas. Reprenant son souffle, il marcha de longues minutes puis croisa un sentier qui allait vers la rive. Il descendit le chemin sur la terre humide et, parvenu aux bords de l'eau, s'assit, exténué, en sueur, mais aussi soulagé que s'il avait échappé au plus funeste sort.

Il s'assit et contempla le calme de la rivière. Son esprit émergea lentement du grand voile de brume qui assombrissait ses pensées. Il s'en voulait d'avoir été si stupide, d'avoir montré tant de crédulité. Il était un *meshuge*[1] ! « *Je vois la mort, des jours terribles !* » Folledingue, ouvre les yeux ! Regarde autour de toi comme tout est merveilleux !

Peu à peu, le spectacle des flots l'apaisa, éloigna la menace et finit de dissiper ses craintes, comme au sortir d'un mauvais rêve.

Quand il eut tout à fait recouvré ses esprits, il partit dans un grand éclat de rire. Il s'était fait berner et voler son argent ! Cela lui apprendrait à être si naïf ! Il prit un caillou et le jeta au loin, comme il aimait le faire quand il venait se promener avec son père sur ces rivages. Il se revit assis à ses côtés, dans la chaleur d'un jour d'été, osant à peine échanger un regard, puisque père et fils ne parlent jamais

1. Fou.

de l'essentiel, ils puisent dans leur silence pour communier entre eux comme les pluies d'automne viennent gorger la terre.

« *Suis-moi, je vais t'apprendre à nager !* », avait lancé son père, ôtant sa chemise et courant dans l'eau vêtu de son pantalon.

Roman était resté immobile, transi de peur, craignant de se noyer. Parvenu loin du bord, l'homme s'était retourné, avait redit à son fils de venir le rejoindre. Le garçon ne parvenait pas à vaincre sa peur, même s'il savait qu'on n'avait jamais vu un fils risquer sa vie en présence de son père. « *Viens !* », avait insisté le père, d'une voix qui avait le pouvoir de rassurer le garçon parce qu'elle ne laissait aucune place au doute. Le gamin s'était avancé dans l'eau jusqu'à la taille. « *Continue !* » avait tancé le père. Il avait poursuivi jusqu'à ce que seuls son cou et sa tête dépassent. « *As-tu encore pied ?* » Il avait fait oui de la tête. « *Tu as peur d'aller plus loin ?* » Il avait acquiescé. « *C'est normal d'avoir peur, n'aie jamais honte d'avoir peur. — J'ai très peur, papa ! — Tu vas mettre un pied devant l'autre et poursuivre.* » Le gamin avait hésité. « *Tu as peur parce que tu regardes le fond de l'eau. Tu vas me regarder.* » Il avait obéi. « *Avance, maintenant.* » Le garçon avait mis un pied devant l'autre, et, rencontrant le vide, il avait été pris d'un mouvement de panique, s'était soudain enfoncé dans l'eau, avait bu la tasse et avait entendu son père lui crier de le regarder à nouveau. Fixant alors les yeux de son père, il y avait puisé une détermination insoupçonnable, ses bras, ses jambes moulinant le plus puissamment possible, non parce qu'il avait peur de se noyer, mais porté par la confiance qu'on plaçait en lui.

Soudain il était au milieu des flots. Il n'avait plus pied.

« *Roman, tu sais nager !* avait crié le père. *Grimpe sur mes épaules, nous rentrons.* »

Il s'était accroché à ses épaules jusqu'au rivage, épuisé par l'effort et par l'émotion. Heureux comme jamais.

Ce temps lui semblait loin. Qu'il nage sur le dos ou qu'il se noie dans la Vilnia importait peu, aujourd'hui qu'Arieh Kacew tendait sa main à Frida Bojarski. À quoi bon s'embarrasser de souvenirs ? Les souvenirs ne servent à rien, à quoi pourraient-ils bien servir ? Personne n'a jamais transformé le passé. Le passé n'a jamais transformé personne. Rien ne le forçait à remuer en pensées la vase de la Vilnia.

Il se força à oublier son père et s'abandonna à la contemplation des flots qui charriaient des branches d'arbres sur lesquelles il se mit à voguer, descendant dans son esprit le cours de la rivière, quittant les faubourgs de la ville, naviguant vers la mer, là où les fleuves vont. Il respirait l'air pur qui venait de la terre, empreint d'odeur d'herbes mouillées et de boue séchée. Un vent frais effleurait ses joues, faisait frissonner les feuilles et trembler les ombres. Un jour, il irait voir la mer. Nina le lui avait promis. Il lui tardait de voir l'horizon. Nina disait qu'à Nice la lumière était plus vive que partout ailleurs, que l'on y voyait plus clair, que la terre était plus ronde. Elle disait qu'à Menton il pousse des citrons.

Un violent coup de pied le tira de ses songes et lui arracha un cri de douleur.

— Sale Yid, lève-toi et retourne au ghetto ! entendit-il hurler en polonais.

Il reçut un deuxième coup sur les côtes, un troisième lui écrasa la figure, il crut que son nez était brisé, imagina le chagrin de sa mère quand elle le verrait ainsi défiguré, porta sa main à son visage, fut rassuré pour elle que son nez semblât toujours en place, se redressa avec peine et se retrouva face à trois garçons à l'air sombre et menaçant.

Ça n'était pas la première fois qu'il était ainsi pris à partie quand il sortait du ghetto. D'ordinaire, il traitait les insultes par le mépris, refusait la confrontation, quittait les lieux sans demander son reste, non qu'il craignît de prendre ou de donner des coups, mais parce qu'il refusait de batailler avec des types bornés, aveuglés par la rancœur et qui ne semblaient manifestement pas en possession de toutes leurs facultés mentales. Ce jour-là, cependant, il était prêt à en venir aux mains pour défendre son honneur. Il se sentait l'âme d'un justicier.

— Regardez-moi ce costume ! Il doit coûter une fortune ! s'emporta le plus petit en le tirant par la manche.

— Ma mère a confectionné ce manteau, répondit-il en reculant. Si tu la connaissais, tu parlerais autrement.

— Mais c'est qu'il me provoque !

— Jetons-le à l'eau !

— La violence ne mène à rien, dit-il. N'est-ce pas le message du Christ ?

— Il veut nous apprendre notre propre religion ! Quelle arrogance ! Pour qui te prends-tu ?

Il ne saisissait pas ce qu'il avait fait de mal. Il ne voyait pas de quoi il était coupable. Il ne se sentait pas différent des garçons face à lui. Ou, du moins, il ne se sentait pas plus différent d'eux qu'il n'était différent de Yankel, de Sacha.

On le bouscula à nouveau :

— Donne-moi ton manteau !

Roman sentit grandir en lui une force un peu semblable à celle qui l'avait porté au côté de son père quand il avait plongé dans l'eau. Il se mit en position de combat, serra les poings, et dit, de l'air le plus menaçant qu'il put :

— Je crois que la violence ne mène à rien, mais si vous m'y forcez, je me défendrai !

L'un des garçons s'effondra de rire. Les deux autres se tapèrent dans les mains. Ils l'observaient, hilares.

— Vous vous imaginez différents de moi, vous vous trompez. Nous sommes tous semblables, égaux, tous des hommes libres.

— J'ai assez entendu d'âneries pour aujourd'hui ! tonna le plus petit d'un air féroce, tout en plongeant sa main dans sa poche pour en sortir un canif.

Roman vit passer sous ses yeux son propre cortège funéraire, ses proches enveloppés dans leur deuil, sa mère vêtue de noir marchant devant, éplorée, ayant perdu le seul être capable de la sauver, qui ne l'avait jamais trahie.

— Tu envisages réellement de me tuer ? demanda-t-il d'une voix mal assurée au garçon qui avait fait un pas vers lui, la lame de son couteau étincelant au soleil.

— Je veux qu'on dise qu'Andreï Vlaski est un héros !

— Un héros n'est pas quelqu'un qui égorge un garçon désarmé, répliqua-t-il. Un héros meurt en défiant la mort face à plus fort que lui. Aaron Weiter est un héros.

— Cesse de parler, je vais te massacrer ! s'exclama Vlaski, la pointe de son couteau tendue vers Roman.

Le plus grand s'interposa.

— Tu ne vas rien faire du tout ! lança-t-il.

— Comment cela, rien du tout ? Il t'a ensorcelé avec ses mots. Ce sont des diables, ces gens-là !

— Je les déteste autant que toi, mais je ne veux pas avoir du sang sur les mains.

— Tu n'es qu'un lâche, Stanislas ! s'insurgea Vlaski.

— On ne me traite pas ainsi ! rétorqua Stanislas en assénant un violent coup de poing au visage de Vlaski.

L'adolescent chavira sous la douleur, et du sang jaillit sur son front.

Stanislas ramassa le canif, cracha sur le visage de son camarade à terre et s'en alla, suivi par le troisième larron.

Roman observa le garçon groggy sur l'herbe. Il saisit un mouchoir dans sa veste pour tamponner l'arcade sourcilière qui pissait le sang. Vlaski ouvrit les paupières et adressa à Roman un regard contrit où ne luisait plus la moindre trace de haine. Roman aida le garçon à se redresser et à s'asseoir. L'air inquiet, Andreï Vlaski palpait l'arête de son nez brisé.

— Excuse-moi, tout cela est ma faute…, dit Roman d'une voix douce.

L'autre fit un non désolé de la tête, se releva, demanda dans un murmure étouffé s'il pouvait conserver le mouchoir et quitta les lieux sans autre forme d'explication.

4

Nina

Elle ouvrit la porte de chez elle, traversa le couloir, passa dans sa chambre pour poser son manteau sur le lit. Elle ôta ses chaussures, voulut se reposer un instant, elle se sentait éreintée de fatigue. Elle se ravisa aussitôt, songeant que si elle s'allongeait ne serait-ce qu'une minute elle sombrerait dans une profonde léthargie et risquait de se réveiller vers trois heures du matin avec le cuisant souvenir de l'horrible journée qu'elle venait de passer. Elle se rendit dans la salle à manger, s'approcha du poêle pour réchauffer ses mains glacées et, s'apercevant qu'il ne contenait plus de charbon, se souvint qu'elle n'en trouverait nulle part dans l'appartement. Elle se demanda auprès de quel charbonnier elle pourrait le lendemain quémander un sac, considéra la liste de ceux qui ne lui adressaient plus la parole et de ceux qui refusaient de lui faire crédit. Tous les charbonniers de Wilno y passèrent. Je trouverai bien un moyen, se rassura-t-elle.

L'extrémité de ses doigts était gelée, elle retourna dans la chambre, remit ses gants, passa la grosse veste de cuir fourrée qui avait échappé à la vente de ses biens et qu'elle avait conservée en dépit de la coquette somme qu'on lui en avait proposée. Elle l'avait portée à Berlin durant les derniers jours de son fils. Quelque chose de Joseph restait à jamais lié à ce vêtement.

Elle prit soudain conscience que Roman n'était pas dans l'appartement. À cette heure, d'ordinaire, il s'appliquait à faire ses devoirs à son bureau, tournant la tête vers elle quand elle pénétrait dans la pièce avec un « Bonsoir maman, comment vas-tu ? » lancé d'une voix mêlant les accents cristallins de l'enfance et l'enrouement des garçons de son âge en train de muer.

Sur le balcon, elle scruta le lointain, chercha au-delà des maisons et des rues la silhouette de Roman, puis, ne la distinguant pas, s'assit sur le tabouret comme à un poste d'observation.

Ça n'était décidément pas son jour.

Elle alluma une cigarette, essaya de se rassurer. Il était déjà arrivé que Roman fût absent à son retour, son appréhension allait sûrement de pair avec l'état de ses nerfs. Malgré tout, rien ne parvenait à faire taire la petite voix qui murmurait à son oreille que quelque chose ne tournait pas rond.

Sa journée ne lui avait pas laissé le temps de réfléchir posément aux événements de la veille. Assise au- dehors, elle y voyait plus clair. Se remémorant le discours qu'Arieh avait tenu, elle comprit qu'un pas avait été franchi. C'en était fini de l'espoir d'une réconciliation familiale, des illusions et des projets communs. Le temps des rêves est derrière nous, songea-t-elle. Elle se promit de ne plus laisser un homme qui s'était comporté de manière si lâche régir son existence. Pour commencer, elle annoncerait elle-même à Roman la nouvelle paternité de son père. Elle saurait trouver les mots, ne reculerait pas devant la difficulté de la tâche. Elle n'avait peur de rien, c'était sa grande force et son immense faiblesse.

Il fallait qu'il sache. Le plus tôt serait le mieux. Elle lui parlerait dès ce soir.

Elle avait été répudiée. Elle était ruinée. Elle n'avait plus d'emploi. Elle n'avait plus d'argent. Plus personne sur qui compter. Et bientôt plus de toit. Elle en était réduite à faire le clown devant un négociant en vin. Le temps était venu de faire ses valises, de tout quitter et d'aller voir ailleurs. Là où le ciel était plus bleu, l'herbe était sans doute plus verte.

Hélas, où trouverait-elle l'argent pour un tel voyage ? Nul ne lui prêterait une somme pareille. Elle avait tout vendu, excepté l'argenterie.

Une idée de génie lui traversa l'esprit. Peut-être pourrait-elle vendre l'appartement du 16, rue Grande-Pohulanka ? Elle n'en était que locataire, mais il se trouverait bien dans Wilno un type assez nigaud pour la croire sur parole. Elle songea à Wojcek Bresinski et écarta l'hypothèse.

Au coin de la rue, Hermann Freizskin tirait sa carriole. Elle se plaqua contre le mur, à l'abri de son regard, comme une fugitive. Un instant plus tard, elle l'entendit la héler en contrebas du balcon.

— Nina ?… Nina ? criait-il avec des accents plaintifs, comme si ce rendez-vous quotidien qui tournait sans cesse au vinaigre lui était indispensable.

Bientôt elle put le voir continuer sa route, son chariot dans son dos. Quelques mètres plus loin, il se retourna avec un hochement de tête résigné, avant de prendre la ruelle sur la droite. Le voyant disparaître, songeant à son prochain départ, elle eut un pincement au cœur : cet homme allait lui manquer.

Elle quitterait Wilno sans plus tarder. Elle aimait tant son fils, elle puiserait dans ses yeux la force de revivre. L'énergie du désespoir la ferait avancer. Elle parcourrait l'Europe entière et elle trouverait l'Eldorado. Tous les hommes n'étaient-ils pas libres, ne les prétendait-on pas égaux ? Valait-elle moins qu'une Italienne, un Français ou un Andalou ? La terre appartenait à tout le monde. Son malheur n'avait pas de limites. Son bonheur ignorerait les frontières.

Elle entendit frapper, rentra, se recoiffa d'un geste de la main, lissa un pli sur sa robe, ouvrit la porte.

— Ah, monsieur Piekielny ! dit-elle en découvrant son voisin, frappée par l'élégance de sa tenue – un costume de flanelle un peu trop large pour ses épaules, qu'elle ne lui avait jamais vu et qui semblait tout droit sorti d'une teinturerie. Quel bon vent vous amène ?

— Eh bien, madame Kacew, hier après-midi, j'ai croisé mon cousin au marché, répondit-il d'une voix enjouée, un éclair de malice passant dans son regard. Et il m'a donné la somme qui manquait.

Il se redressa, ajusta son nœud de cravate et ajouta, plein de majesté, la figure éclairée d'une intense expression de fierté :

— Je crois que je suis prêt !

— Ne restez pas là. Entrez, répondit-elle, attendrie par la jubilation contenue qu'exprimait son attitude. Je vais chercher les livres, voulez-vous boire un thé ?

— Oh, non ! s'exclama-t-il, je ne veux pas déranger.

— Vous n'êtes pas du genre dérangeant, répondit-elle comme à l'accoutumée, respectant une sorte de rituel qui l'amusait toujours.

Asseyez-vous, au moins, poursuivit-elle en désignant une chaise.

Elle alla dans la chambre, prit la petite malle sous le lit, l'ouvrit, fouilla le tas d'ouvrages pour en extraire les deux romans de Flaubert commandés par son voisin. Elle contempla tour à tour leur couverture, respira profondément le parfum que dégageaient les pages, mélange d'odeur d'encre et de fleurs séchées, feuilleta les livres l'un après l'autre. Elle les salua en pensée, comme on dit adieu à son passé. Puis elle les déposa sur le parquet. Elle s'apprêta à refermer la malle quand son regard tomba sur le tome I de *Guerre et paix*. Elle tendit la main en direction de l'ouvrage, se retint, puis saisit le livre, examina sa reliure, donna un baiser sur la tranche puis le posa près des Flaubert. Elle contempla les trois livres avec satisfaction. C'est le plus beau cadeau, pensa-t-elle, satisfaite, presque heureuse, cela faisait longtemps qu'elle n'avait plus rien eu à offrir à personne. Elle referma la malle, mais, en la soulevant, la trouva terriblement pesante. Elle la rouvrit, observa la masse de livres, prit un nouveau temps de réflexion, jeta un coup d'œil sur les trois volumes qu'elle avait sortis, trouva que cela ferait un bel assortiment avec *Les Frères Kamarazov*, posa ce livre à côté des autres, empila les quatre. Après quoi elle plaça au-dessus de la pile *Crime et Châtiment*. Elle piocha ensuite tous les Victor Hugo, prit d'un bloc les Balzac, se sépara sans hésiter du Tourgueniev, hésita un long moment sur *Le Maître et Marguerite* mais finit par s'en séparer, se saisit d'une main de Stendhal et de d'Annunzio. Vinrent le tour de Gogol puis celui de Tchekhov. Bientôt il ne resta plus au fond de la malle qu'*Anna Karenine*. Elle saisit l'ouvrage comme une relique et alla le déposer soigneusement sur le lit. Après quoi elle reprit les romans sur le sol, les transvasa à nouveau à l'intérieur de la malle et, quand tout fut à nouveau soigneusement en place, elle referma la malle, se releva, saisit la poignée et retourna dans la salle à manger. Elle se sentait comme soulagée d'un poids.

— Vous savez, monsieur Piekielny, nous allons bientôt devoir quitter Wilno.

— Alors, votre choix est arrêté... dit-il d'un ton éploré, comme s'il avait du mal à imaginer que cela fût possible.

— Nous n'avons pas vraiment le choix, expliqua-t-elle, comme si la chose la dépassait.

— Mais vous reviendrez, n'est-ce pas ? s'enquit-il, une pointe d'espoir dans la voix.

— Ça... seul l'avenir nous le dira, répondit-elle en laissant planer le doute.

— L'avenir, dit-il d'un air réfléchi, je n'y ai jamais cru.

— Vous avez tort, si je puis me permettre. L'avenir nous appartient, c'est même tout ce qu'il nous reste.

Elle laissa passer un temps, puis reprit :

— Monsieur Piekielny, j'aimerais vous demander un service.

— Tout ce que vous voudrez, Nina.

C'était la première fois qu'il l'appelait ainsi.

— Je sais, dit-elle un peu troublée, que votre courtoisie et votre prévenance vous obligeraient à décliner ma proposition, mais j'aimerais que vous repartiez avec ma malle de livres.

— Oh, ça, certainement pas ! se récria-t-il.

— Nous allons traverser l'Europe, confia-t-elle, du ton le plus convaincant possible, nous ne devons pas nous encombrer.

— Il n'y a rien de moins encombrant que les livres.

— Chez vous, ils seront en sécurité, à l'abri des intempéries, dit-elle, désarmée par sa bienveillance.

— Je ne veux pas vous enlever vos livres.

— Vous ne me les enlevez pas, vous les préservez. Et puis, si l'avenir le permet, peut-être qu'un jour je reviendrai les rechercher.

Il l'observa d'un air sceptique avant de laisser échapper :

— N'attendez pas trop longtemps pour revenir. Je commence à me faire vieux.

— Vous ? s'esclaffa-t-elle, vous vivrez jusqu'à cent vingt ans !

Il glissa la main dans la poche intérieure de sa veste, en tira une enveloppe, la donna à Nina, comme s'il rendait les armes, tout en justifiant son geste :

— Considérez cela comme un simple prêt qui vous engage à revenir ici.

Il se leva, sembla vouloir abréger la conversation pour couper court à son émotion, prit la malle, se dirigea vers l'entrée. Et elle n'aurait su dire ce qui, de cet homme ou de la perte de ses livres, la bouleversait le plus. Sur le pas de la porte, il lui tendit la main.

— Vous viendrez me dire adieu avant de partir ? dit-il au comble du désarroi.

Elle s'efforça de rire.

— Croyez-vous que je m'en irai comme une voleuse ?

Il hocha la tête d'un air plus attristé que jamais.

Elle allait fermer la porte quand elle se rappela qu'elle oubliait l'essentiel. Elle fit un pas dans le couloir.

— Monsieur Piekielny ! s'écria-t-elle.

Il se retourna aussitôt, comme s'il attendait depuis longtemps quelque chose qui n'avait pas encore été dit. Ils demeurèrent tous les deux face à face, en silence. Elle ne parvenait pas à exprimer ce qu'elle avait sur le cœur. Il attendait debout, immobile, sa malle à la main, comme s'il se préparait à un grand départ.

— Pour l'argenterie, finit-elle par avouer, êtes-vous toujours intéressé ? J'ai bien réfléchi, j'aimerais vous la céder.

Il poussa un long soupir, hocha la tête d'un air dépité, se retourna et s'enfonça dans la pénombre pour disparaître dans les escaliers. Elle se demanda si elle le reverrait.

Elle demeura un moment dans le hall sans pouvoir faire un geste. Peut-être était-ce trop d'émotion pour une seule journée ? Elle se reprit, fila guetter l'arrivée de Roman. La nuit allait bientôt tomber. Elle préférait ne pas sortir sur le balcon, dehors le froid était trop vif, elle n'avait pas le droit de tomber malade, aujourd'hui moins que jamais. Elle guetta son fils depuis la fenêtre de sa chambre. Au bout d'un long moment de vaine attente, ses jambes ne la portaient plus, elle finit par s'asseoir sur le lit. D'ici, elle voyait aussi bien.

Si Roman n'était pas de retour dans une heure, elle descendrait le chercher dans la cour. Ensuite elle irait à son collège. Puis elle ferait le tour de ses amis. Et si elle ne le trouvait nulle part, elle préviendrait la police, ferait intervenir l'armée. Elle s'allongea sur son lit, ferma les paupières, essaya de penser à autre chose. Partout ailleurs elle serait mieux qu'ici, dans cette chambre vide, menant une vie solitaire. Sa rêverie l'entraîna hors de ces murs, loin de ce pays hostile, en route pour un voyage à la découverte de contrées lumineuses. Au petit matin elle monterait dans un train qu'elle aurait attendu dans une gare déserte. La locomotive s'ébranlerait lentement. Les rues et les faubourgs de Wilno disparaîtraient à l'instant où le train traverserait un pont gigantesque. Les collines perdraient leur vallon triste, prendraient de la hauteur, se couvriraient de roches, de neiges éternelles. Par la vitre du compartiment défileraient de nouveaux paysages baignés de soleil. Tout était irréel et tout lui paraîtrait vrai, la ville de Wilno ne serait qu'un souvenir obscur. Tout serait oublié de l'horrible journée, de son terrible hier. Les mots de son méchant mari résonnaient sans écho. Les figures hostiles qui croisaient son chemin devenaient floues. Dans le calme de ses songes, son âme n'était plus la proie du désespoir. Le train, maintenant, filait sous une chaude lumière dans le doux silence du nouveau jour. C'est alors que, portée par le roulis paisible, elle aperçut la mer, une mer bleue, calme, étincelante comme elle en avait rêvé. La Méditerranée plutôt que la Baltique. Un océan à l'abri des tempêtes. Par un jeu de miroirs, la clarté du ciel se reflétait sur le bleu des eaux et les éclats de l'écume scintillaient jusqu'au ciel. Elle tendit son visage, sentit le vent glisser sur sa peau, savoura sur ses lèvres la brûlure du jour. Elle sourit, comme elle avait oublié que l'on pouvait sourire. En plissant les paupières, elle crut distinguer la silhouette de Roman. Dans son rêve, le garçon souriait aussi. Rassurée, elle put enfin plonger dans un profond sommeil.

5

Roman

Tandis qu'il marchait sans but précis, le garçon ressentait une impression de solitude et d'éloignement, comme s'il avait quitté sa maison depuis des mois. Il songeait : « J'ai vu ce que mes pères ont vu, je n'ai plus dix ans et demi, j'en ai quatre-vingts. » Il avait contemplé des visages blêmissant de colère, les yeux étincelant de violence, l'aversion que son nom suscitait, ce que sa seule existence générait de rancœur, vu dans les yeux de ses semblables palpiter les flammes des bûchers, les regards transfigurés de haine. Il avait plus appris en vingt-quatre heures qu'en une année d'école. Depuis la veille au soir, il avait compris comment se terminait un grand amour, quel était le mauvais goût du malheur, comment les sentiments broyaient les cœurs. Il lui semblait avoir approché la douleur d'une mère, la volonté sans espérance, les grands dommages du passé, les passions inconsolables, la lâcheté des hommes, le parfum de la mauvaise conscience, le relent oppressant du remords. On lui avait menti, on l'avait frappé, on avait ri de lui, on l'avait détroussé, on l'avait insulté, on l'avait menacé, on avait manqué le trucider. Il avait connu l'exaltation de la grande ville et l'aliénante animation du ghetto. Il lui semblait avoir traversé dans son périple les grandes questions d'une vie, accompli en une journée une révolution autour du Soleil – il avait été ébloui et il s'était brûlé les ailes. Il pressentait que le soir même il aurait oublié les leçons de haine et les conseils de sagesse, les cours d'histoire accélérés, les visions prophétiques, les lendemains déchiffrés au creux de sa main, le vert tendre des rives de la Vilnia. Oublié les visages et oublié les noms.

Il aurait pu se rendre à la gare, prendre un train pour Varsovie, Paris ou bien Moscou, là-bas devenir adulte, en finir avec son enfance. Mais ce qu'il avait vu des hommes le retenait d'avancer vers l'âge mûr. Il en avait soupé des aventures et des rencontres. La chaleur du foyer familial lui manquait, il voulait sentir à nouveau le parfum du thé et l'odeur du strudel et du *Keiss Kuchen*, voir le regard de sa mère posé sur lui à son réveil, entendre le bruit de ses talons dans le couloir. Il se demanda ce qu'il faisait ici, seul dans le jour alors que tout l'appelait là-bas, au 16 rue Grande-Pohulanka, où il était attendu, il pouvait être utile. Il jeta un dernier regard sur les flots. Le courant continuait à emporter vers l'aval des quantités de branches mortes. Il quitta les lieux pour retourner d'où il venait.

Il marchait, insensible au charme des rues, ralliant son drame familial comme un soldat retourne au front. Nostalgique du temps béni où ses parents vivaient sous le même toit, il se demandait s'il serait de taille à affronter la catastrophe de leur séparation définitive. Et, tandis qu'il cherchait le moyen de changer le triste sort qui l'attendait, se remémorant les trémolos dans la voix de son père évoquant la figure de Frida, il lui vint une idée, simple et si lumineuse qu'il fut surpris de ne pas l'avoir eue avant.

La femme qu'avait choisie son père pourrait-elle se montrer indifférente au désespoir d'un garçon et se laisser uniquement conduire par les chimères de la passion ?

Il ferait part de sa douleur à Frida, tenterait de lui faire endosser sa responsabilité dans l'immensité de son chagrin. S'il se montrait suffisamment persuasif, la jeune femme ne pourrait que compatir, s'apitoyer sur son sort, partager sa détresse. S'il savait trouver les mots, elle refuserait d'être l'auteur d'un tel drame. Et, puisque rien d'irréparable n'avait été accompli, aucun enfant conçu de cette union – sans quoi son père l'aurait prévenu, il ne savait pas mentir –, Frida pourrait sans dommage sur sa propre vie consentir à rompre avec Arieh.

Si elle montrait des réticences, il pourrait user d'arguments plus spécieux. Proposer une somme rondelette pour qu'elle disparaisse à jamais ou bien inventer les affres d'une maladie mortelle à sa mère – Nina était à l'agonie, c'était une question de semaines, Frida voulait-elle porter le coup de grâce ?

Pour finir, il lui dicterait une lettre destinée à Arieh Kacew et dont il avait déjà les termes en tête :

« *Mon chéri, rentre chez toi, puisque c'est là que se trouve ta place, là où demeure ta famille, là où ton devoir t'appelle, où ta femme et ton fils t'attendent.*

Rejoins les tiens, mon chéri, mon grand amour impossible.

Pars, Arieh, sans te retourner ! »

Signé Frida.

Il connaissait les horaires de son père, le savait absent à cette heure du jour. Il pouvait se rendre chez lui dès maintenant, mettre un point final à cette histoire aujourd'hui. Tout cela n'avait que trop duré.

Il se voyait déjà montant les escaliers. Il frapperait à la porte, saluerait la femme qui lui ouvrirait, se présenterait poliment, demanderait s'il pouvait entrer, serait invité à le faire, se verrait proposer une collation, boirait une tasse de thé, goûterait un gâteau, après quoi il commencerait à parler, exposerait les faits dans un langage clair et concis, évitant toute digression, toute effusion de sentiments, convaincu que quelques phrases pourraient changer une destinée, vaincre l'adversité. Son discours finirait par emporter l'adhésion de la jeune femme, persuaderait Frida Bojarski de mettre un terme à cette relation adultérine.

« Un jeu d'enfant ! » s'écria-t-il fièrement, comme s'il venait de faire une grande découverte.

Il avait marché longtemps, sans même savoir où il allait, se laissant conduire par ses pas. Et bientôt il se retrouva au carrefour de la rue Nimiecka, à quelques mètres de l'endroit où habitait son père.

Il se sentait prêt à son exploit, animé par une folle espérance, il voyait grandir dans son cœur l'ardeur du soldat avant la bataille, puisant le souffle de la victoire dans la noblesse de son combat.

À quelques pas du numéro 6, il prit une ample respiration, coiffa ses cheveux en arrière, ouvrit grand son manteau et boutonna sa veste. Il devait être présentable, émouvoir son auditoire. Il possédait son rôle à merveille, voyait Frida au bord des larmes, implorant le pardon pour sa faute, promettant de partir sur-le-champ, de laisser le bonheur s'installer dans les vies qu'elle avait été sur le point de ruiner.

C'est alors qu'il aperçut son père.

L'homme était censé travailler à toute heure, vouer sa vie à son labeur, y laisser sa santé, sacrifier le plus beau de ses jours. Cet homme affichait un visage radieux que Roman ne lui avait jamais vu. Il paraissait transformé. Il y avait deux Arieh Kacew, son père et l'amant de Frida. Comme par enchantement, l'amant avait rajeuni. Le sombre individu qui d'ordinaire marchait comme avec des fers aux pieds était devenu le plus heureux des hommes.

Le garçon alla se cacher sous un porche d'où il pouvait continuer à observer la scène. Il vit son père traverser la rue, l'air toujours calme et souriant, puis s'immobiliser, tourner la tête dans tous les sens. Son regard s'arrêta soudain sur ce qu'il semblait chercher. Son visage irradiait de joie. De l'autre côté de la rue une jeune femme attendait sur le bord du trottoir. Elle lui fit un signe de la main. Son père traversa la rue d'un pas empressé. Quand ils furent ensemble, elle éclata d'un rire de gaieté tendre, ferma les paupières, tendit les lèvres. L'homme l'embrassa à pleine bouche, passa son bras sous son épaule. Les deux amants marchaient bras dessus bras dessous, tout entiers à leurs retrouvailles. C'était là le pire spectacle auquel Roman eût jamais assisté.

Il n'avait jamais vu Frida, ne l'imaginait pas ainsi.

C'était une splendeur, une calme beauté, sa longue chevelure évoquant les grâces florentines, une créature des cieux, ange à la sainte jeunesse, fière beauté juive à la pâleur d'opale, le regard traversé d'éclairs de tristesse. La pulpe de ses lèvres semblait une promesse. Elle marchait avec légèreté, chacun de ses pas donnant l'impression qu'elle mettait à ses pieds la ville tout entière. Et l'hymne à l'harmonie qu'entonnait tout son corps intimait le respect, forçait l'admiration.

Quand le regard du garçon descendit sur son ventre, il distingua l'arrondi bombant de sa robe, vit les mains qui en effleuraient les courbes comme on caresse le front et les joues d'un bébé.

C'est ainsi qu'il comprit que son père attendait un enfant.

Que c'était un menteur et un lâche. Qu'il trompait le monde et pas seulement sa femme.

Roman quitta son poste d'observation, redescendit la rue qu'il venait d'emprunter, ne reconnaissant ni les échoppes ni les maisons devant lesquelles il marchait depuis l'enfance. Plus rien ne lui semblait familier. Il ne voyait pas les hommes qui avançaient autour de lui d'un pas plus rapide que le sien. Il était aveugle au mouvement incessant du ghetto, sourd à la rumeur qui montait des rues. Il ne voulait plus rien voir ni entendre du monde.

Le garçon ne savait plus à qui se vouer maintenant que son père l'avait trahi, qu'il était le père d'un autre enfant, le mari d'une autre femme. Son père s'apparentait à un Golem, le plus froid des monstres avait pris ses traits. Son père était Gengis Kohen.

Il marcha longuement, traversa la ville, tout à son chagrin et à sa haine, il monta sur une colline d'où il pouvait voir Wilno. Il respira l'air qui venait de la plaine, un air pur et glacial qui semblait avoir parcouru le continent, venir des steppes de Russie, avoir soufflé sur la toundra. Et, tandis qu'il contemplait le paysage, il sentit gonfler en lui une sensation d'orgueil – l'orgueil des fils trahis.

Il se promit d'oublier sa colère, d'effacer tout sentiment de rancœur. Il dit adieu à son passé. Il porta son regard dans le lointain. Il se sentit plus léger, il avait l'impression qu'il pourrait voler, voler sur les rues de Wilno, voler dans l'air au-dessus des toits, il pourrait aller chercher sa mère et voler avec elle au-dessus des maisons, et enfin réaliser le rêve de Nina de quitter, main dans la main, la ville de Wilno, berceau et cimetière de ses illusions.

Et, dans sa tête, Roman volait.

Il volait, puisant ses forces dans l'amour que lui donnait sa mère, dans la confiance que lui avait délivrée son père, dans le regard amusé de son frère disparu, la folie douce de Macha Weiter, les joyeux mensonges de Sacha Goldberg, la futile bêtise de Yankel Grunbaum, la sagesse du rabbin Ginzburg, la haine pure d'Andréï Vlaski, la splendide grâce d'Ethel Susjinski.

Il volait sur l'immensité de son chagrin, les larges étendues d'une infinie détresse. Comme dans ses rêves, il tournoyait au-dessus du malheur, volait loin de son univers de ruines et d'amertume, aspirait à des hauteurs célestes, vers des terres lointaines, des horizons nouveaux.

Face à lui, la lumière bleuissait, le ciel s'agrandissait à l'infini. Il se demandait ce que l'avenir lui réservait, quelle sorte de vie l'attendait, quel genre d'homme il s'apprêtait à devenir, quels grands secrets cacherait son existence.

Au-delà du continent voué au grand désastre, il cherchait les lisières d'un monde d'espérances.

ÉPILOGUE

Wilno 1943

L'officier finit d'étudier le plan de la ville déroulé sous ses yeux, tendit les deux coins du haut de la feuille, lissa la carte froissée par le temps et les consultations répétées. L'usage aurait voulu qu'il en commandât une nouvelle à l'état-major à Berlin, mais il ne se séparait toujours qu'à regret des objets qui avaient vécu – sa femme le taquinait en lui reprochant d'être un grand sentimental.

C'était la carte la plus précise de Vilnius disponible, l'officier SS l'avait trouvée à son arrivée, en prenant son poste. La plus étroite des ruelles, la plus petite place y figuraient et, devenu au fil des mois un fin connaisseur de la ville, il avait parfois l'impression, en suivant du doigt le tracé d'une avenue, de distinguer la façade des maisons bordant les trottoirs.

Il nourrissait depuis toujours la passion des cartes, les collectionnait, voyageait à travers le dessin des fleuves et des montagnes. Il pensait tenir ce penchant de son père, un homme qu'il n'avait pas connu mais dont il s'était forgé l'image d'un aventurier.

Pour ses quarante-cinq ans, ses hommes lui avaient offert une carte de Berlin au cent millième signée de la main de Himmler, avec un mot de sympathie. Cette carte le suivait partout où il allait, il la rangeait soigneusement à l'abri dans les demeures où il descendait, dans un coffre s'il dormait à l'hôtel. Mais, de passage à Minsk en novembre 1941 à l'occasion de la liquidation du grand ghetto, la carte passée entre les mains d'un subalterne tandis qu'on descendait de voiture avait subi les outrages d'une tempête de neige. Son aide de camp d'alors, Hans Fallerman, avait alors eu l'idée lumineuse d'aller chercher, dans une synagogue où les juifs avaient été regroupés afin d'y être brûlés vifs, un rabbin expert en parchemins. En quelques heures, à l'aide d'une simple bougie et d'une règle en fer, le rabbin était parvenu à redonner à la carte son lustre initial. On lui avait accordé une mort par balle.

Il prit un crayon de couleur rouge, l'humecta d'un coup de langue, entoura d'un cercle soigneusement dessiné l'emplacement du Ghetto B, leva la tête et demanda à son aide de camp si l'on avait une idée précise du nombre de juifs restant à Vilnius depuis les exécutions de la semaine passée. L'aide de camp réfléchit un instant. Les paupières à demi closes, les lèvres retroussées, il avait l'air du gars à qui on demanderait la lune. C'était un jeune type, de petite taille, un peu gras, qui portait mal l'uniforme et s'était affublé d'un monocle sans doute pour se donner une contenance. On ne pouvait rien lui reprocher dans l'exercice de sa fonction. Il était clair, net et précis, donnait le meilleur de lui-même dès qu'il fallait passer à l'acte, sa main ne tremblait pas à l'instant fatidique, son geste était sûr, mais, dès qu'il s'agissait d'entamer la moindre réflexion, il montrait ses limites. Sans doute ne parviendrait-il jamais à faire oublier le souvenir de Hans Fallerman, son prédécesseur, emporté quelques mois plus tôt par une pneumonie.

L'officier avait toujours été persuadé, en dépit des allégations du médecin, qu'elle avait été contractée par une nuit glaciale dans la forêt de Ponary, où l'on exécutait les juifs. Fallerman ne s'était pas suffisamment prémuni contre le froid tombé soudainement à la fin de l'été comme un linge choit d'une fenêtre. N'était-ce pas le rôle des médecins de protéger les hommes, d'alerter, de prévenir ? Pour se dédouaner de ses responsabilités, le médecin avait prétexté que Hans Fallerman avait été victime de la fièvre typhoïde, maladie supposément transmise dans le petit ghetto, avant que celui-ci ne fût entièrement liquidé, par un de ces juifs porteurs du typhus dont il fallait absolument éviter le contact. « *Hans Fallerman n'en fait toujours qu'à sa guise* », avait argué le docteur. L'explication ne l'avait pas convaincu. Il se targuait de pouvoir distinguer une fièvre typhoïde d'une pneumonie et avait toujours pensé qu'il aurait fait un bon médecin.

Après un instant de réflexion, l'aide de camp déclara :

— Je dirais qu'il en reste quelques milliers, six mille peut-être en comptant ceux qui travaillent encore en dehors du camp.

Après quoi l'homme ajouta :

— Mais les mathématiques n'ont jamais été mon fort.

L'officier approuva d'un hochement du menton. Oui, c'était cela, sans doute guère plus que quelques milliers de têtes. Sans préjuger de la force de ses hommes ni des capacités parfois limitées des supplétifs lituaniens, malgré leur ardeur à la tâche, on en aurait fini en octobre. Il pourrait enfin quitter la ville. Il lui tardait.

Il sentait le poids de la lassitude même s'il prenait sa mission à cœur, en saisissait l'importance capitale, se vivait comme un rouage essentiel du plus ambitieux projet engagé depuis des siècles. Une telle entreprise aurait tourné la tête de tout être normalement constitué. Mais lui et ses hommes étaient les bataillons avancés d'une nouvelle humanité, une avant-garde qui ne redoutait pas le vertige.

Il ne nourrissait aucune animosité personnelle à l'encontre des juifs. Rien de précis à reprocher à ceux qu'il avait rencontrés au temps où il y avait des juifs en Allemagne. Il revoyait encore le visage mince du médecin de sa mère, le docteur Albert Blum, cette manière apprêtée de lui demander de rester dans la salle d'attente. À l'école, quelques-uns de ses camarades étaient juifs. Il réprouvait leurs manières, évitait leur compagnie, voilà tout. À l'Université, il riait de leur ambition de se vouloir toujours meilleurs, comme si la vie était un concours d'excellence – meilleur étudiant, meilleur avocat, meilleur artiste, moralement meilleur et œuvrant pour un monde meilleur. Adam Platwitz, qui dirigeait la section étudiante du Parti social-démocrate, en remontrait toujours à chacun avec ses espoirs d'une société plus juste. Les discours d'Adam Platwitz transpiraient la mièvrerie humaniste. À quoi te sert ta morale, aujourd'hui, Platwitz ? Sous la chaux dans une fosse, voilà ton meilleur des mondes.

Il se revit, étudiant, le jour du grand autodafé du 10 mai 1933 défiler sur l'Opernplatz avec ses camarades derrière les professeurs d'université, allant jeter les livres aux flammes. Dix ans avaient passé. Que de chemin parcouru ! Lui qui paradait sur les trottoirs de Berlin les bras encombrés d'ouvrages, il était aujourd'hui aux avant-postes de l'Europe, commandant aux destinées du plus grand des combats. Il sourit en songeant que, finalement, Blum et Plawitz avaient suivi un itinéraire parallèle au sien puisque la plupart des juifs de Berlin avaient été transférés au grand ghetto de Minsk en novembre 1941 pour y être éliminés. Et Ida Finkstein, cette jeune brune pour laquelle il avait eu un petit béguin en dernière année de lycée. Dans la fosse, la jolie Ida.

Il se remémora la moue de dégoût que Himmler avait un jour laissé paraître en assistant à une séance d'élimination. Lui était resté de marbre, n'avait pas montré la moindre marque de faiblesse ou d'apitoiement. Puisqu'il n'avait rien contre ces gens nus qui tombaient sous les balles devant lui par dizaines, jeu de quilles et jeu de massacres, et ces milliers de juifs allemands, à Minsk, attendant en rangs serrés, ayant perdu ce qu'ils appelaient leur dignité. Il se vivait simplement comme le bras armé du destin.

Comme Berlin lui semblait loin.

À Vilnius, c'était encore autre chose, un travail plus facile, en quelque sorte, puisque ça n'était plus des juifs allemands mais des juifs polonais ou russes, des autochtones dans les charniers desquels il ne risquait plus de retrouver une de ses vieilles connaissances.

Dans le crépuscule tombant, les flocons de neige étaient rabattus contre la vitre par le vent. Il commençait à trouver le temps long.

Certains soirs, il se sentait gagné par une forme d'abattement. Il ambitionnait d'autres missions, fantasmait d'autres conquêtes. Seuls les débuts l'enthousiasmaient, il se lassait toujours très vite. C'était dans son caractère. Plus jeune, sa mère l'accusait d'être velléitaire. Il exécrait les travaux laborieux. Ce n'était pas un minutieux, un appliqué. Il devait se sentir porté par une vision. Les juifs de Wilno ne le faisaient plus rêver. Ils se raréfiaient dans les rues, devaient être cherchés un à un, cachés dans les caves, terrés dans ce qu'ils nommaient les « malines », réfugiés dans les égouts, enterrés vivants dans les fosses à purin. Il ne se sentait pas l'âme d'un pêcheur à la ligne, il se voyait en marin de haute mer, n'aimait rien tant que lancer ses filets et ramener ses proies par milliers. Ainsi seulement il faisait place nette, il se sentait utile. Il avait besoin d'idéal.

Si cela n'avait tenu qu'à lui, il aurait abandonné le menu fretin à ses collaborateurs, laissé finir le travail par les plus besogneux, ceux qui décomptaient les victimes comme des pièces d'or. Lui ne tenait pas en place. Il devait bouger, voir du pays, partir à la rencontre du monde. Il avait le goût des voyages. C'était un conquérant dans l'âme. Le fils de son père.

Depuis quelques mois, il avait la nostalgie de son pays natal, l'air de l'Allemagne lui manquait. Il rêvait de sentir le parfum des glycines qui poussaient dans son jardin. Il n'avait pas vu grandir ses enfants. Son plus grand fils partirait pour le front dans quelque temps. Le dernier, Hans, l'avait à peine reconnu au printemps dernier quand Himmler avait accordé sept jours de repos à tous les officiers de la région de Vilnius pour les récompenser de leur travail. Le congé était amplement mérité. Les hommes arrivaient au bord de l'épuisement. Le moral était au plus bas. Les cadences étaient infernales. On n'avait plus de goût à rien. On ne s'enivrait plus du spectacle des morts. La lassitude se faisait sentir. C'était toujours la même rengaine. On lançait un appel dans le ghetto, on exigeait un certain nombre de têtes, hommes, femmes, enfants, avec la promesse d'aller à l'Est. Les juifs, dont la constitution devenait de plus en plus faible à la suite des privations et des maladies, étaient de plus en plus lents à creuser leurs tombes. Les séances de nettoyage s'éternisaient. Les hommes étaient d'abord massacrés, une fois tous les hommes dans la fosse venait le tour des vieillards, une fois les vieillards amassés sur les corps des hommes, c'était le tour des femmes avec leurs enfants – toujours la même rengaine. On devait prendre soin d'achever les corps qui s'agitaient encore pour être sûr de ne laisser aucun survivant. À son arrivée, il avait introduit un brin d'humanité dans l'exercice avec la décision de ne pas séparer les femmes de leurs enfants, même si cela compliquait les choses, ralentissait les exécutions. Il se voulait un homme avant tout. Quand la liquidation était terminée, la trentaine de juifs les plus valides recouvrait les corps d'abord de chaux, puis de terre, avant d'être eux-mêmes exécutés.

La donne avait changé avec le témoignage de quelques femmes enterrées vivantes, qui avaient survécu et répandu la nouvelle des exécutions. La plupart des gens du ghetto n'avaient pas cru un traître mot de ce qu'elles avaient révélé, ne jugeant pas possible qu'on les exterminât jusqu'au dernier – comme si cela dépassait l'entendement. Mais le doute s'était installé dans les esprits. Certains soupçonnaient le sort qui les attendait. Cela compliquait les rafles, rallongeait les cadences, rendait les rassemblements laborieux.

— On pourra tout de même dire que nous avons bien travaillé, susurra l'aide de camp.

— Oui, du bon travail, répéta l'officier, en remuant à peine les lèvres.

Il avait fait de son mieux, Wilno comptait environ soixante mille juifs quand, en juin 1941, on s'était installés au 12 Vilenskaïa. Aujourd'hui, seuls quelques milliers demeuraient. Il pouvait avoir la satisfaction du travail bien fait. Mais la fatigue l'avait rendu nerveux. La veille, il avait exécuté un des principaux dirigeants du ghetto sur un coup de sang. Sans motif, il avait sorti son pistolet de sa ceinture et lui avait tiré une balle dans la tête, lui qui s'enorgueillissait de garder son calme, mettait la maîtrise de soi au-dessus de toutes les vertus, avant même l'amour de la famille et la fidélité aux valeurs du Reich. Il avait besoin de repos, besoin de la chaleur du foyer, de retrouver Greta, s'abandonner à la chaleur de ses seins, se lover entre ses cuisses. Greta lui permettait de tenir malgré le défilé des années et malgré l'éloignement. Ce qu'il accomplissait, c'était pour elle, elle et les six enfants qu'elle lui avait donnés. Ces milliers de juifs exterminés – pour elle. Ces femmes abattues dans les fosses. Ces hommes pendus, décapités – pour elle. Et, voyant le crâne du dirigeant éclater devant lui, des morceaux de son cerveau répandus dans la pièce, il avait aussi songé : « *C'est pour toi, Greta* », comme le plus vibrant des hommages.

Il avait rencontré son épouse vingt ans plus tôt, à Hanovre, lors d'un voyage à travers le pays entrepris avec deux camarades. Elle était attablée en compagnie d'une amie. Avant de la connaître, il détestait Hanovre, petite capitale provinciale, tandis que Berlin était le cœur battant du monde. Mais, dès qu'il avait vu ses yeux, quelque chose avait changé dans l'air, tout était devenu lumineux. C'était l'amour, il l'avait su. Il l'avait invitée à se joindre au groupe. Elle avait dit oui sans hésiter, malgré les réticences de son amie, qui, elle, semblait sur ses gardes, devinait qu'elle était en train de perdre une âme sœur. Les femmes sentent ce genre de chose. Un peu comme les chevaux.

Il se prit la tête à deux mains. Depuis la décision de Himmler, trois mois auparavant, de liquider tous les juifs de l'Ostland et de décréter la Lituanie Judenfrei – comme l'Allemagne, plus d'un an auparavant – la pression sur ses épaules était à son comble. Comment lui serait-il possible de réaliser la prouesse de liquider le ghetto dans le faible laps de temps qui lui était accordé ?

— Je crois que Himmler n'a plus conscience de la réalité du terrain, lança-t-il à voix haute, tout en regrettant aussitôt ces paroles, qui eussent pu être considérées comme une attaque implicite contre l'état-major. Enfin, ils savent ce qu'ils font en haut lieu, ajouta-t-il aussitôt pour désamorcer toute suspicion de la part de son aide de camp.

— Il me semble, reprit l'aide de camp, qu'avant c'était tout de même beaucoup plus compliqué et lourd pour nous.

L'officier dut en convenir. Maintenant, tout était plus commode. Plus de chemin de croix sur les sentiers des forêts. Plus de balles, plus de mitrailles. On regroupait les juifs à la gare. On remplissait les convois. On fermait la porte des wagons à bestiaux. Le train filait sur les rails jusqu'à destination. *Treblinka, Sobibor, Auschwitz,* tous ces noms dansèrent dans son esprit.

Toutefois, certains jours, après avoir vu les convois quitter le quai, le cœur n'y était pas. Il avait davantage l'impression d'être un chef de gare qu'un chef de guerre. Il en venait à regretter l'époque où les massacres soudaient ses hommes. Reste que les exécutions avaient fini par saper le moral des troupes. Et lui-même avait été un jour pris de nausée devant les montagnes de corps entassés devant lui. La puanteur l'avait gêné.

— Je vous ai amené le juif, annonça l'aide de camp.

L'officier avait pris l'habitude, la veille de chaque action d'envergure, de s'entretenir avec un habitant du ghetto. Il appelait cela *sentir l'atmosphère*. L'entretien le renseignait sur l'état de terreur dans lequel les habitants vivaient leurs dernières heures, lui donnait une idée sur les informations glanées par la populace, le degré de conscience de l'imminence du danger. Vivaient-ils dans la peur, la résignation, la révolte ? Avaient-ils encore l'espoir qu'une issue positive pût être donnée à ces interminables mois de tragédie déjà vécus ? Les juifs démontraient une capacité aussi illimitée qu'incompréhensible à continuer d'espérer. Ils semblaient avoir une inébranlable foi en l'homme qui ne cessait de le surprendre, lui que rien ne pouvait plus étonner et qui pensait avoir tout vu. Ils persistaient malgré les évidences à voir dans l'Allemand un semblable, ils doutaient de sa constance, de son combat, de sa haine, rêvaient toujours d'un sursaut. Ils gardaient le fol espoir que l'Allemand s'arrêterait avant d'abattre son glaive, comme dans l'Ancien Testament Abraham avait épargné son fils. Ils croyaient au miracle. Dans leur crédulité sans bornes, ils imaginaient que l'Allemand soudain animé de remords allait les épargner. Ils n'imaginaient pas qu'il fût devenu une créature libérée de toute humanité.

La conversation l'informait sur les rumeurs qui bruissaient dans le ghetto, l'agitation qui y régnait. Les mères avaient-elles commencé à étrangler leur nourrisson avant de se donner la mort, renseignées par leur instinct maternel quant au sort qui les attendait ? Les hommes les plus faibles avaient-ils commencé à se pendre pour ne pas affronter la mort en face ? Les couples d'amoureux avaient-ils partagé une fiole de poison pour mourir unis dans la passion plutôt que séparés et seuls ? Le témoignage lui donnait un inventaire de la situation. Si la peur s'était installée dans le ghetto, ses hommes se préparaient des lendemains difficiles. La peur affolait les habitants du ghetto, leur faisait accomplir des gestes inconsidérés, engendrait des velléités de révolte, les faisait sortir du rang, désobéir aux ordres. Mais la peur contaminait aussi le moral des troupes, agitait le doute dans les esprits. Le doute était l'ennemi des hommes.

— Voilà le premier type, dit l'aide de camp en ouvrant la porte. Un autre attend dehors.

Il jaugea l'individu face à lui, un jeune type malingre qui le regardait avec des yeux terrorisés que la faim enfonçait dans les orbites. Il n'aima pas ce type.

— Comment t'appelles-tu ?

— Sacha, Sacha Goldberg.

— Goldberg, que fais-tu dans la vie ?

— Je suis volailler, comme mon père.

Il comprit d'emblée que ce type ne lui apprendrait rien, lui ferait perdre son temps. Il saisit le pistolet à sa ceinture, pointa l'arme en sa direction, visa au cœur, tira. Le type s'effondra avec un rictus ridicule sur le visage. L'aide de camp saisit rapidement le corps par les épaules et, tout en le traînant au-dehors, lança, d'une voix inhabituellement tremblante et qui traduisait sa fatigue :

— J'amène le second.

Le type avait une allure plus civilisée que le précédent. Et, comme la nuit était tombée et que l'officier n'avait rien prévu pour la soirée, ni dîner avec ses hommes ni coucherie avec une prostituée, il le pria de s'asseoir. Le type demeura immobile, effaré, comme tétanisé sur place.

— Tu me déçois. Ça n'est pas tous les jours qu'un officier SS propose à un juif de prendre le siège face à lui. Faut-il te le demander en hébreu ?

Le type blêmit, fit non de la tête et s'assit.

— Comment t'appelles-tu ? demanda-t-il en posant son arme sur le bureau.

— Arieh..., Arieh Kacew, fit l'autre en bredouillant.

— Ne sommes-nous pas mieux ainsi, assis, face à face ? Je suis certain que dans tout le Reich, à cet instant, pas un juif n'est assis face à un Allemand. Et je pense que cet instant n'est pas près de se renouveler avant très longtemps. En quelque sorte, Arieh Kacew, nous vivons un moment historique.

Et il songea que c'était sans doute la dernière fois qu'il aurait une telle conversation, puisque le ghetto était presque entièrement liquidé. Et peut-être que dans tout le grand Reich plus un seul juif ne s'entretiendrait face à face, calmement, avec un Allemand. Qui sait s'il n'était pas en train d'écrire le mot fin de l'Histoire juive ?

— Quel est ton métier, Arieh Kacew ? demanda-t-il parce qu'il voulait connaître les raisons pour lesquelles, malgré les privations, les maladies, le froid, son interlocuteur avait encore l'air solide.

— Fourreur, je suis fourreur, balbutia le type.

— Ah, voilà donc pourquoi tu sembles en meilleure forme que les autres, tu travailles à l'extérieur du ghetto, n'est-ce pas, à la fabrique d'uniformes de nos soldats ?

Le type fit oui de la tête.

— Mesures-tu ton privilège de travailler pour le grand Reich ? Tu sauves des vies par ton travail, Kacew. Tu évites que nos soldats ne gèlent au milieu de l'hiver russe. Tu démontres par ton labeur que vous n'êtes pas seulement des parasites. Tu fais preuve d'utilité publique… Pour autant, agissant ainsi, tu pourrais laisser penser que notre Führer a tort lorsqu'il affirme que vous n'êtes que des vermines inutiles. Tu contredis notre Führer…

L'officier laissa passer un silence. Et, comme il lui semblait que ce soir était différent des autres soirs et ce type différent des autres, il fut pris d'une soudaine envie de prolonger cet instant singulier.

— Kacew, qu'est-ce que cela veut dire en polonais ? demanda-t-il.

Le type expliqua d'une voix étrangement calme – et sans doute inconsciente du danger – l'origine et la signification de son nom, raconta toutes les transformations qu'il avait connues, remonta jusqu'à l'époque du Temple de Jérusalem, semblant oublier qui il avait face à lui, avant de conclure son récit en précisant que, dans sa religion, les noms importaient peu, seuls comptaient le prénom du père et celui de sa mère. Tout le reste, Kacew, Katz, et même Cohen, n'était finalement que noms d'emprunt, pseudonymes.

— Quant à mon prénom, Arieh, poursuivit le type avec une incroyable candeur, cela signifie *lion* en hébreu.

— J'ai devant moi un lion ? demanda l'officier, fasciné par tant d'aveuglement de la part de son interlocuteur.

Le type expliqua que c'était sans doute ainsi que son père le voyait à sa naissance.

— Et toi, est-ce que tu as des enfants ?

Le type répondit qu'il en avait trois, un prénommé Roman, d'un précédent mariage, et deux, Valentine et Pavel, de son épouse actuelle, qui vivaient toujours à ses côtés.

— Ils représentent notre avenir, ajouta-t-il.

— Parce que tu crois à l'avenir ? s'exclama l'officier, songeant qu'il aurait tout entendu.

— Et à quoi pourrais-je croire d'autre, considérant le présent dans lequel je vis ?

— Tu n'as jamais imaginé que demain pourrait être pire encore ?

— Comment cela pourrait-il être pire ? Nous vivons terrés dans des caves, nous crevons de faim. Le typhus et la dysenterie déciment nos enfants. Que pouvez-vous nous imposer de pire ? Vous n'allez pas nous massacrer jusqu'au dernier, n'est-ce pas ?

L'officier regarda son interlocuteur dans les yeux et déclara :

— Non, Kacew, nous ne pouvons pas tous vous exterminer. Et d'ailleurs, à quoi cela nous servirait-il ?

— C'est ce que je m'efforce de répéter à ceux des nôtres qui affirment que vous allez prochainement liquider le ghetto. À quoi vous servirait de tous nous tuer ? Cela serait totalement contre-productif. Vos armées ont besoin des meilleurs manteaux pour affronter les rudesses de l'hiver. Sans vouloir prêcher pour ma paroisse, vous ne trouverez pas de meilleurs artisans-fourreurs dans toute la Pologne. Les Kacew le sont de père en fils, de génération en génération. Nous faisions partie de la Grande Guilde des Artisans Fourreurs sous le tsar.

L'officier éclata de rire, avant de demander :

— Ta famille est-elle toujours au complet, Kacew ?

— J'ai perdu mes trois sœurs dans la liquidation du petit ghetto. La dernière a été abattue sous mes yeux par un de vos hommes. Mes frères ont disparu il y a trois et six mois, l'un exécuté par un Lituanien devant qui il ne s'était pas incliné, l'autre abattu par un SS qui l'accusait d'avoir volé la miche de pain qu'il transportait dans son sac. Mais ma femme et mes deux enfants sont toujours avec moi.

— Et ta première femme, où est-elle aujourd'hui ? Nos hommes l'ont-ils exécutée ?

— Oh, non, non..., répondit-il, sa figure soudain illuminée d'une forme d'espoir insensé. Elle vit en France, dans le Sud, à Nice.

— Sans vouloir t'attrister, Kacew, si elle vit à Nice, à l'heure qu'il est, elle n'est plus de ce monde. Kaltenbrunner a vidé la ville de tous ses juifs.

— Ah, fit-il, retrouvant son air triste. Je ferai le Kaddish pour elle en rentrant.

— Ta première femme disparaît et c'est tout ce que cela te fait ?

— Désolé, mais nous ne parvenons plus à pleurer les nôtres. Nous nous sommes vidés de nos larmes. Nous avons irrigué toute la terre de Pologne avec nos innombrables deuils.

— Et qu'est-ce donc que le Kaddish ?

— La prière des morts. Les endeuillés l'entonnent plusieurs fois par jour à la mémoire de leurs disparus.

— Vous avez le culte des morts ?

— Nous essayons de prolonger leur souvenir dans nos pensées et dans nos actes. Nous nous remémorons chaque jour leurs noms dans nos prières, durant une année entière, ainsi nous prolongeons leur existence dans nos cœurs avant de les laisser trouver le repos éternel. C'est qu'à nos yeux la vie a un caractère sacré.

— Regarde mon insigne, Kacew, l'insigne de la SS. Nous, nous avons le culte de la mort. Alors n'essaie pas de m'apitoyer, Kacew !

— Je tente juste de vous expliquer qu'un juif est avant tout un homme comme les autres.

— Ne sais-tu pas qu'il y a une race supérieure ?

— Je l'ignorais avant que vous ne nous massacriez.

— Mais maintenant, tu le sais, n'est-ce pas ?

— Je ne me pose pas la question en ces termes. Je m'interroge sur vos motivations profondes. Et sur celles de l'Éternel, notre Dieu, roi de l'Univers.

— Et qu'en as-tu conclu ?

— Sur vos motivations, je persiste à croire que vous vous égarez, toute haine est gratuite, sans avenir, sans fondement. S'il ne devait rester qu'un commandement divin, ce serait celui d'aimer son prochain.

— Et sur votre Dieu ?

— Je n'arrive pas à comprendre le dessein qu'Il poursuit. Mais tout cela doit bien avoir un sens. Peut-être l'Éternel œuvre-t-il au Rassemblement des Exilés ? Et le chemin de cette Rédemption passerait par ces routes de souffrance. À vrai dire, il y a quelque chose dans le silence de Dieu, son absence, sa surdité, sa cécité, son indifférence face à nos tourments que je ne saisis pas. A-t-il cessé d'aimer Son peuple ? J'ai toujours appris que Sa volonté était éternelle. Nous savons aussi que Son amour est immuable et va au-delà de nos fautes. Alors je répète la phrase du prophète

Samuel : « *Ki alécha Oragnu kol ayom.* » C'est pour Toi que nous nous faisons tuer tous les jours.

— Tu ne comprends même plus ton propre dieu, mon pauvre Kacew, mais notre haine, tu la comprends, n'est-ce pas ?

— Pour être tout à fait sincère, je ne la saisis pas non plus. Je ne me reconnais en rien dans le portrait que l'on brosse de moi, je sais n'avoir rien fait de mal, du moins rien qui autorise ce débordement de haine. Rien ne vaut ce que l'on subit.

— Alors, que crois-tu qu'on vous reproche ?

— Je ne sais absolument pas !

— Ne fais pas l'innocent, Kacew !

L'officier laissa passer un instant et reprit :

— Kacew, excuse mon esprit d'escalier, mais..., quelque chose me revient. Tu m'as parlé de trois enfants, n'est-ce pas ?

Kacew acquiesça.

— Tu as précisé que deux étaient avec toi... Le troisième est déjà mort ?

— Roman ? Oh, il est loin d'ici, très loin...

— Loin, où ? demanda-t-il tout en sentant monter en lui une froide colère.

— J'ai rencontré à Wilno quelqu'un qui avait obtenu des nouvelles de lui par un des membres du gouvernement polonais en exil. Cet homme m'a expliqué que Roman était un soldat de la France libre.

— Un juif soldat !

— Un aviateur ! répondit Kacew, une immense fierté dans le regard. Il est pilote de l'air dans l'Armée française. Il vole, il accomplit des missions depuis Londres.

— Tu veux dire que ton fils bombarde l'Allemagne ?

— Ça n'est pas ce que je voulais dire, dit Kacew, semblant réaliser à qui il s'adressait.

L'officier aurait pu exécuter Kacew sur l'instant et ça n'était pas l'envie qui lui manquait. Mais une mort immédiate et rapide aurait constitué une punition trop douce. Il fixa Kacew au fond des yeux et déclara :

— Dans les jours qui viennent, nous allons rassembler les derniers juifs du ghetto. Nous vous conduirons à la gare où des trains vous mèneront à l'Est. Nous en avons fini avec ceux de Wilno. Va dire cela aux tiens.

Puis il se tourna en direction de son aide de camp et lui demanda de faire sortir Kacew. L'aide de camp le saisit par le bras et l'entraîna sans ménagement.

Parvenu sur le pas de la porte, Kacew se retourna et lança :

— Vous ne trouverez pas meilleur fourreur à cent kilomètres à la ronde !

L'officier lui jeta un dernier regard, surmonta son envie de l'abattre, lui adressa un sourire forcé puis, d'un geste sec de la main, lui fit signe de quitter les lieux. La porte se referma. L'officier resta un instant silencieux et pensif à son bureau. Bientôt ses yeux tombèrent sur le plan de la ville disposé devant lui. Il saisit la carte par les deux coins du haut, la replia soigneusement, la glissa dans son étui, rangea le tout dans un tiroir. Il regarda par la fenêtre. La neige avait cessé de tomber. L'heure était venue de rentrer.

Arieh Kacew marchait au milieu des ruines du ghetto, dans l'air glacial de la nuit, escorté par deux membres de la SS. Il savait que la mort l'attendait, les attendait, lui et les siens, attendait son épouse Frida comme ses deux enfants, Valentine, qui allait sur ses dix-huit ans, et Pavel, sur ses seize ans, la mort les prendrait comme elle avait pris les frères et les sœurs d'Arieh, tous les enfants de Wilno et leurs parents, et leurs grands-parents, tout le peuple du ghetto, soixante mille âmes, et celui de toute la Lituanie et celui de toute la Pologne et de toute l'Ukraine et toute la Bessarabie et toute la Galicie, le peuple juif de toute l'Allemagne, de l'Autriche et sans doute de la Hollande, de la Belgique et de la France. Bientôt il ne resterait plus de juifs sur cette terre. Il leva les yeux. Peut-être était-ce la dernière fois qu'il contemplait le ciel ? Des étoiles tranquilles constellaient la nuit. Il distingua au milieu d'elles le tracé furtif d'une lumière. On aurait dit une étoile filante. Il préféra imaginer que c'était un avion. Et, tandis qu'un des SS le frappait dans le dos avec la crosse de son fusil pour qu'il presse le pas, Arieh Kacew imagina que son fils Roman était aux commandes d'un bimoteur des Forces de la France libre, qu'il était parvenu à déjouer les tirs de la défense aérienne allemande, les balles traçantes des Stukas. Roman s'en allant en guerre avait volé jusqu'à Wilno pour écraser sous les bombes le maître du monde afin qu'il se terre et qu'il fuie, accomplir un acte de gloire, venger les siens, faire payer sa dette aux barbares, semer terreur et désolation chez eux, faire cesser l'air de jubilation qu'ils prenaient à l'instant des grands massacres, déverser sur le Reich un déluge de feu, même si son fils était sans doute devenu le plus doux des hommes, lâcher la mort sur leur tête pour qu'il comprenne la portée de leurs crimes. Oui, un instant Arieh Kacew, sachant qu'ils mourraient le lendemain ou le surlendemain, lui, sa femme Frida, sa fille Valentine, son fils Pavel, se souvenant combien il avait été heureux, entrevit le fol espoir que son fils, depuis les airs, allait les sauver, les libérer, arracher la Jérusalem lituanienne ou ses ruines des griffes du conquérant allemand, le lieutenant Roman Kacew, de l'escadrille du groupe Lorraine des Forces françaises libres, affilié au 137e Wing, stationné à Hartfordbridge, en mission avec son équipage, aux commandes de son bimoteur Boston III qui portait sous sa coque une tonne de bombes, son fils, officier de l'armée française, petit juif de l'armée des ombres, fils d'un simple fourreur de Wilno, volait juste au-dessus de sa tête, fol espoir des affligés, ivresse de ceux qui ont connu le bonheur en leur vie, déraison de ceux qui vont bientôt mourir, et Roman, à son poste de navigateur, était venu sauver son père, se réconcilier avec lui, larguer ses bombes sur Wilno pour permettre à Arieh Kacew, fils de David Kacew, petit-fils de Mordechai Kacew, et aux survivants de sa famille de s'évader, de fuir, de vivre, trois mois, une semaine, de respirer encore le parfum de cette terre où ils avaient vécu, de s'emplir les poumons de la douceur de l'air en songeant à demain.

— *Schnell !* hurla-t-on dans son dos.

Arieh jeta un dernier regard vers le ciel, demanda pardon à son fils. Puis il accéléra le pas.

Bibliographie

La lecture d'un certain nombre d'ouvrages et d'articles a été nécessaire à la rédaction de ce roman. Outre l'œuvre de Romain Gary, voici la liste des plus consultés :

Myriam ANISSIMOV, *Romain Gary, le caméléon*, Folio, 2006.

Paul AUDI et Jean-François HANGOUËT, *Cahier de l'Herne Romain Gary*, L'Herne, 2005.

Lesley BLANCH, *Romain, un regard particulier* (traduction de Jean Lambert), Éditions du Rocher, 2009.

Dominique BONA, *Romain Gary*, Gallimard, 2001.

Joseph BULOV, *Yossik. Une enfance dans le quartier du Vieux-Marché à Vilnius, 1904-1920*, Phébus, 1996.

Jean-Marie CATONNE, *Romain Gary, de Wilno à la rue du Bac*, Solin, 2010.

Nancy HOUSTON, *Tombeau de Romain Gary*, Actes Sud, 2002.

Henri MINCZELES, *Vilna, Wilno, Vilnius. La Jérusalem de Lituanie*, La Découverte, 2000.

Paul PAVLOWITCH, *L'Homme que l'on croyait*, Fayard, 1981.

Yitskhok RUDASHEVSKI, *Entre les murs du ghetto de Wilno, 1941-1943*, L'Antilope, 2016.

Elžbeta Šimelevičienė, « Romain Gary ir jo šeima – Vilniaus istorijos dalis », Bernadinai.lt, édition du 8 septembre 2014 ; article traduit et développé dans le webdocumentaire de Loïc Salfati : www.institutfrancais-lituanie.info/webdoc/#Debut

12001

Composition
NORD COMPO

Achevé d'imprimer en Espagne
par CPI BOOKS
le 3 décembre 2017.

Dépôt légal : décembre 2017.
EAN 9782290147887
OTP L21EPLN002231N001

ÉDITIONS J'AI LU
87, quai Panhard-et-Levassor, 75013 Paris

Diffusion France et étranger : Flammarion